Los supervivientes

Alex Schulman

Los supervivientes
Alex Schulman

Traducción de Pontus Sánchez

Ediciones Destino
Colección Áncora y Delfín

Obra editada en colaboración con Editorial Planeta – España

Título original: Överlevarna

© 2020, Alex Schulman
Publicado de acuerdo con Ahlander Agency.

Este libro se ha publicado con ayuda del Swedish Arts Council

© 2022, Traducción del sueco: Pontus Sánchez

© 2022, Editorial Planeta S.A. – Barcelona, España

Derechos reservados

© 2022, Editorial Planeta Mexicana, S.A. de C.V.
Bajo el sello editorial DESTINO M.R.
Avenida Presidente Masarik núm. 111,
Piso 2, Polanco V Sección, Miguel Hidalgo
C.P. 11560, Ciudad de México
www.planetadelibros.com.mx

Primera edición impresa en España: febrero de 2022
ISBN: 978-84-233-6077-2

Primera edición impresa en México: julio de 2022
ISBN: 978-607-07-8993-9

Impreso en los talleres de Impresora Tauro, S.A. de C.V.
Av. Año de Juárez 343, colonia Granjas San Antonio, Ciudad de México
Impreso en México –*Printed in Mexico*

A Calle y Niklas

PARTE I

La cabaña

CAPÍTULO I
23:59

Un coche patrulla avanza despacio entre la vegetación azulada del camino de tierra que baja hasta la finca. Allí está la cabaña, en el cabo, reinando solitaria en medio de la noche de junio, que nunca llega a oscurecer del todo. Es una casa sencilla de madera, de proporciones torpes, un poco más alta de lo que debería. Las esquinas blancas se han descascarillado, la madera roja de la fachada sur está quemada por el sol. Las tejas de barro cocido han quedado pegadas entre sí, convirtiendo la techumbre en una suerte de piel de algún animal prehistórico. Ahora no sopla ni pizca de viento y hace un poco de frío, el vaho se ha acumulado en la parte inferior de los cristales. Un resplandor amarillo sale por una de las ventanas de la primera planta.

Más abajo está el lago, quieto y titilante, bordeado de abedules que llegan hasta la orilla del agua. Y la sauna, donde los chicos solían bañarse con su padre las noches de verano y luego salían a meterse en el agua caminando patosos por las piedras, en fila, estirando los brazos para no perder el

equilibrio, como crucificados. «¡Está buenísima!»,
gritaba su padre después de tirarse, y su grito resonaba por el lago para luego perecer en un silencio
que solo existía en ese lugar, tan alejado de todo lo
demás, un silencio que a veces asustaba a Benjamin, pero que en ocasiones también le hacía sentir
que el mundo estaba escuchando con atención.

Un poco más lejos, siguiendo la orilla, hay un
cobertizo para barcos; la madera se ha oscurecido
y la construcción ha empezado a inclinarse hacia el
agua. Y por encima de esta se encuentra el granero, con millones de agujeritos en las vigas que han
dejado las termitas y con restos de excrementos de
animales de hace más de setenta años esparcidos
por el suelo de hormigón. Entre el granero y la
casa, la pequeña parcela de césped donde los chicos jugaban al fútbol. El campo está en pendiente,
quien juega de espaldas al lago tiene cuesta arriba.

Es como un telón de fondo, eso es justo lo que
parece: unas pequeñas edificaciones en un llano verde con el bosque detrás y el agua delante. Un sitio
inaccesible, igual de solitario ahora que antaño. Si
se oteaban los alrededores desde la punta del cabo,
no se veían indicios de vida humana en ninguna
parte. En alguna ocasión excepcional podían oír el
ruido de un coche pasando por el camino de tierra
de la otra orilla, un sonido lejano de motor a bajas
revoluciones, y si era uno de los días más secos de
verano divisaban la nube de polvo que luego sur-
gía del bosque. Pero nunca se cruzaban con nadie,
estaban solos en ese lugar, del que nunca salían y al

que nadie acudía. Una vez vieron a un cazador. Estaban los niños jugando en el bosque y, de repente, lo encontraron. Un hombre vestido de verde y con pelo blanco, a veinte metros de distancia. Se deslizaba entre las ramas en completo silencio. Al cruzarse con ellos, el hombre miró impasible a los muchachos, se llevó el dedo índice a los labios y siguió su camino entre los árboles hasta desaparecer. Nunca lograron explicar su presencia, fue como un misterioso meteorito que pasa cerca de la Tierra pero cruza la bóveda celeste sin llegar a impactar. Los chicos no comentaron nunca el encuentro, hasta el punto de que a veces Benjamin se preguntaba si realmente había tenido lugar o no.

Hace dos horas que se ha puesto el sol, el coche patrulla sigue bajando con cuidado por el camino. El hombre que lo conduce escudriña inquieto por delante del capó para advertir qué cosas van pasando por debajo del vehículo mientras avanzan por la cuesta, y se inclina sobre el volante y mira hacia arriba, pero no consigue ver el final de las copas de los árboles. Los abetos que se yerguen por encima de la casa son increíbles. Cuando los niños eran pequeños ya eran enormes, pero ahora... Se elevan treinta, cuarenta metros hacia el cielo. El padre de los chicos siempre se enorgullecía de lo fértil que era el entorno, como si fuera obra suya. A principios de junio clavaba brotes de rabanitos en la tierra y al cabo de tan solo dos semanas se llevaba a los críos al huerto para enseñarles las hileras de puntos rojos que asomaban la cabeza. Pero no todo es fértil alrededor de la cabaña: hay zonas en las que la tierra está completamente muerta. El manzano que papá le regaló a mamá por su cumpleaños sigue donde él lo plantó en su día, pero ni crece ni da fruto. En algunos sitios el suelo es negro, denso, y no hay ni una sola piedra; en otros, la montaña está a flor de piel, justo debajo del césped. Cuando papá construía el cercado para las gallinas, al clavar la estaca en la tierra a veces se hundía con suavidad y en silencio en la hierba empapada y, otras, restallaba de buenas a primeras y él gritaba, con las manos temblando por la resistencia que le oponía la roca.

El agente de policía se apea del vehículo. Con gesto familiar, baja rápidamente el volumen del aparato que lleva en el hombro y que va emitiendo un singular trino electrónico. Es un hombre corpulento. Los bártulos mellados de color negro mate que le cuelgan en la cintura le aportan una presencia lastrada, como si de alguna manera los pesos lo anclaran a la corteza terrestre.

Las luces azules bañan los altos abetos.

El resplandor de la noche tiene algo especial, así como las montañas ahora azuladas que rodean el agua y la luz azul del coche patrulla. La imagen podría haberse plasmado en un lienzo.

El agente se acerca unos pasos a la casa y se detiene. De pronto parece confundido, observa la escena con atención. Los tres hombres están sentados uno al lado del otro en la escalera de piedra que sube a la puerta de la cabaña. Están llorando, sumidos los tres en un abrazo. Van vestidos con traje y corbata. Al lado, en el suelo, hay una urna de cenizas. El agente establece contacto visual con uno de los tres hombres, que se levanta. Los otros dos se quedan donde están, aún abrazados. Están empapados y gravemente magullados, el policía entiende por qué han pedido una ambulancia.

—Me llamo Benjamin. Soy yo quien ha llamado a la central de emergencias.

El agente se mete una mano en el bolsillo para sacar el pequeño bloc de notas. No sabe que esta historia no cabe en un trozo de papel, que acaba de plantarse en el final de un relato que se ha prolongado varias décadas, el de tres hermanos a los que un día, hace mucho tiempo, los arrancaron de ese lugar y ahora se han visto obligados a volver a él, que allí todo está entrelazado, no hay nada que vaya por libre ni se pueda explicar de forma independiente. El peso de todo lo que está aconteciendo en este preciso instante es muy grande pero, obviamente, la mayor parte ya ha ocurrido. La escena que está teniendo lugar en la escalera de piedra, el llanto de los tres hermanos, los rostros inflamados y toda la sangre, solo es la última onda en el agua, la más exterior de todas, la más alejada del punto exacto donde ha caído la piedra.

CAPÍTULO 2
La carrera de natación

Benjamin se ponía cada tarde en la orilla con su salabre y su cubo, junto al pequeño terraplén donde estaban sentados su madre y su padre. Iban a remolque del sol: siempre que la sombra les caía encima, levantaban la mesa y las sillas y las movían unos metros, y así iban haciendo a lo largo de toda la tarde. Debajo de la mesa estaba Molly, la perra, que veía consternada como su techo desaparecía y entonces se sumaba a la travesía por la orilla del agua. Ahora sus padres estaban en la última parada, observando cómo el sol bajaba lentamente por detrás de las copas de los árboles de la otra orilla. Siempre se sentaban uno al lado de la otra, hombro con hombro, porque ambos querían otear las aguas. Las sillas blancas de plástico clavadas en la hierba alta, una mesita inclinada de madera en la que los vasos de cerveza manoseados brillaban con los rayos del sol de la tarde. Una tabla de cortar con un trozo de salami, mortadela y rabanitos. En la hierba, una neverita de camping para mantener el vodka frío. Cada vez que papá daba un trago soltaba un «buenas», alzaba el vaso en dirección a nada en concreto y bebía. Papá cortaba el embutido de tal manera que la mesita temblaba de arriba abajo, se derramaba la cerveza y mamá, irritada, levantaba su vaso con una mueca hasta que él terminaba. Su padre no se daba ninguna cuenta de esas cosas, pero Benjamin sí. Él se percataba de todos los cambios, por pequeños que fueran; siempre se mantenía a cierta distancia, para que sus padres pudieran estar en paz, pero lo bastante cerca como para poder seguir las conversaciones, controlar el ambiente y los estados de humor. Oía el murmullo afable, los cubiertos contra la vajilla, el sonido de un cigarro que alguien encendía, un flujo de sonidos que revelaban que todo estaba yendo bien.

Benjamin se paseaba por la orilla con el salabre en la mano. Vigilaba las aguas negras, a veces se despistaba y miraba directamente al reflejo del sol, y entonces los ojos le dolían como si se hubiesen roto. Se balanceaba sobre las piedras más grandes, inspeccionaba el fondo en busca de renacuajos, esos animalitos tan peculiares, negros y perezosos, pequeñas comas nadadoras. Recogía algunos con el salabre y los sometía al instante al cautiverio del cubo rojo. Era una tradición. Pescaba renacuajos mientras sus padres conformaban un decorado de fondo, y cuando el sol se ponía y ellos se levantaban para subir de nuevo a la cabaña, él devolvía las capturas al lago y regresaba con ellos a casa. Y al día siguiente empezaba de nuevo. Una vez se olvidó a los renacuajos en el cubo. Cuando los descubrió, la tarde siguiente, estaban todos muertos, exterminados por el calor del sol. Le invadió el pavor por si su padre se daba cuenta. Vació el cubo en la orilla y, aun sabiendo que su padre estaba descansando en la cabaña, sintió que sus ojos le quemaban la nuca.

—¡Mamá!

Benjamin miró hacia la casa y vio a su hermano pequeño bajando por la cuesta. Desde allí abajo ya se podía percibir su desasosiego. No era ese un lugar para impacientes. No aquel verano, eso por descontado: al llegar a la cabaña, una semana atrás, los padres habían decidido que no verían la tele en todas las vacaciones. Informaron a los niños con solemnidad, y Pierre se lo tomó muy a pecho cuando su padre desenchufó el televisor y colocó el cable ostensiblemente encima del aparato, como si se tratara de una ejecución pública en la que el cuerpo se dejaba colgando como advertencia para que todos los miembros de la familia recordaran lo que le ocurría a la tecnología que amenazaba la decisión de pasar los veranos al aire libre.

Pierre tenía sus cómics, los cuales iba leyendo despacio y entre murmullos cada tarde, tumbado bocabajo en la hierba. Pero llegaba un momento en que se le quitaban las ganas y entonces siempre bajaba a buscar a sus padres, y Benjamin sabía que mamá y papá podían responder de distintas maneras. A veces podías acurrucarte en el regazo de mamá y ella te acariciaba la espalda. Otras, eras motivo de irritación y el momento hacía aguas.

—No sé qué hacer —manifestó Pierre.

—¿Por qué no pescas renacuajos con Benjamin? —le propuso su madre.

—No —respondió él. Se colocó detrás de la silla de su madre y miró hacia el sol con los ojos entornados.

—¿Y Nils? ¿No podéis inventaros algo juntos? —dijo su madre.

—¿Como qué? —replicó Pierre.

Silencio. Allí estaban, mamá y papá, de alguna forma sin fuerzas, hundidos en sus sillas de plástico, embotados por el alcohol. Pasearon la vista por el agua. Parecía que estuvieran pensando en cosas que hacer, propuestas de actividades, pero no pronunciaron ni una palabra.

—Buenas —murmuró su padre, y vació un chupito; luego hizo una mueca y dio tres palmadas fuertes con las manos—. ¡Venga! —exclamó—. ¡Quiero ver a todos los niños con el bañador puesto dentro de dos minutos!

Benjamin alzó la cabeza y dio unos pasos hasta salir de la orilla. Dejó el salabre en la hierba.

—¡Chicos! —gritó su padre—. ¡Reunión!

Nils estaba escuchando música en la hamaca que habían colgado entre los dos abedules que crecían junto a la casa. A diferencia de Benjamin, que prestaba especial atención a los sonidos de la familia, él los rehuía. Benjamin siempre se estaba acercando a sus padres, Nils trataba de alejarse de ellos. Siempre se iba a otra habitación, nunca participaba. Cuando los hermanos se acostaban por las noches, a veces podían oír a sus padres discutiendo al otro lado de las finas paredes de contrachapado. Benjamin registraba cada palabra, valoraba los eventuales daños de la conversación. En ocasiones se gritaban groserías incomprensibles, se decían cosas tan fuertes que daba la sensación de que no se podrían reparar. Benjamin se pasaba horas despierto, reproduciendo la bronca para sus adentros. Pero Nils parecía sinceramente inafectado. «Puto manicomio», murmuraba en cuanto las broncas empezaban a coger fuerza, y luego se daba la vuelta y se dormía. Le daba igual, se pasaba los días a su aire sin hacer notar su presencia, excepto en los repentinos ataques de ira que estallaban y desaparecían. «¡Joder!», podía oírse en la hamaca, y Nils se retorcía y hacía aspavientos con las manos para deshacerse de una avispa que se le había acercado demasiado. «¡Putas alimañas!», rugía mientras golpeaba unas cuantas veces al aire. Después volvía a tumbarse, calmado.

—¡Nils! —gritó su padre—. ¡Reunión en la orilla!

—No te oye —respondió su madre—. Está escuchando música.

Su padre chilló más fuerte. Ninguna reacción desde la hamaca. Su madre soltó un suspiro, se levantó, fue hasta Nils a paso ligero y agitó ansiosa los brazos delante de sus ojos. Él se quitó los auriculares.

—Papá quiere que vengáis —le explicó.

Reunión en la orilla. Era un momento glorioso. Papá con esa mirada especial que a los hermanos les encantaba, un brillo que ocultaba la promesa de juegos y pillerías, y esa solemnidad en su voz cuando iba a presentar una nueva competición, con seriedad sepulcral pero siempre con una sonrisita en la comisura de la boca. Ceremonioso y formal, como si hubiera mucho en juego.

—Las reglas son simples —anunció, irguiéndose delante de los tres hermanos, que estaban de pie en la hierba con el bañador por encima de las canillas—. A mi señal, mis tres hijos se lanzarán al agua, nadarán hasta rodear esa boya de allí y luego volverán a tierra firme. Y el primero en volver será el ganador.

Los chicos estiraron la espalda.

—¿Todo el mundo lo tiene claro? —preguntó—. Es decir, ahora se revelará cuál de los tres hermanos es el más rápido.

Benjamin se dio unas palmadas en los escuálidos muslos, como había visto hacer a los atletas en la tele en los momentos previos de un hito decisivo.

—Un momento —dijo su padre, y se quitó el reloj de pulsera—. Os voy a cronometrar.

Pulsó los botoncitos del reloj digital con sus pulgares demasiado grandes y soltó un «cojones» entre dientes al ver que no conseguía lo que pretendía. Levantó la cabeza.

—A vuestros puestos.

Un empujón entre Benjamin y Pierre en su compartido intento de conseguir una buena posición de salida.

—Eh, basta —los amonestó su padre—. No hagáis eso.

—Si no, nos olvidamos del tema —dijo su madre, que seguía sentada a la mesa, y acto seguido se rellenó el vaso.

Los hermanos tenían siete, nueve y trece años, y cuando jugaban al fútbol o a las cartas podían pelearse tan fuerte que Benjamin sentía que algo se rompía entre ellos. Las apuestas se elevaban aún más cuando su padre los hacía enfrentarse entre sí, cuando expresaba con tanta claridad su voluntad de comprobar cuál de sus tres hijos era el mejor en algo.

—Preparados... Listos... ¡Ya!

Benjamin se precipitó en dirección al lago seguido de cerca por sus dos hermanos. Al agua. Oyó los gritos a sus espaldas, los de su madre y su padre en la orilla.

—¡Bravo!

—¡Venga!

Unos pasos apresurados y el fondo de piedras puntiagudas desapareció bajo sus pies. El agua de la bahía estaba fría, a la temperatura propia del mes de junio, y un poco más adentro pasaban las extrañas corrientes aún más heladas, que surgían de golpe y desaparecían, como si el lago fuera un ser vivo que estuviera tratando de ponerlos a prueba con diferentes tipos de frío. La boya blanca de porexpán permanecía quieta en la superficie cristalina que se abría ante ellos. Los hermanos la habían soltado allí unas horas antes, al echar las redes con su padre. Pero Benjamin no recordaba que la hubieran puesto tan lejos. Nadaron en silencio para no malgastar energía. Tres cabezas en el agua negra, los gritos desde la costa cada vez más lejanos. Al cabo de poco rato, el sol desapareció detrás de los árboles de la orilla de enfrente. Se hizo penumbra, de pronto estaban nadando en otro lago. A Benjamin le pareció que el agua se había vuelto desconocida. De golpe tomó conciencia de todo lo que se encontraba bajo sus pies, los animales ocultos, que a lo mejor no querían que sus hermanos y él estuvieran allí. Se acordó de todas las veces que había estado sentado en la barca junto con ellos dos y su padre, sacando peces de la red y tirándolos al fondo del bote. Y los hermanos se asomaban y contemplaban los dientecitos de los lucios, afilados como cuchillas, o las aletas puntiagudas de las percas. Siempre había algún pez que pegaba un coletazo, los hermanos daban un brinco y gritaban, y su padre se asustaba con los chillidos repentinos y los hacía callar con un bramido nervioso. Y luego se volvía a tranquilizar, y murmuraba mientras iba desliando las redes: «No podéis tenerles miedo a los peces». Benjamin pensó que ahora esos mismos seres estaban nadando justo a su lado o debajo de él, ocultos en la oscuridad del agua. La boya blanca, que se había tornado rosa en el crepúsculo, seguía estando muy lejos.

Tras unos minutos nadando, la parrilla de salida se había dilatado: Nils iba un buen tramo por delante de Benjamin, quien había dejado atrás a Pierre. Pero cuando la oscuridad cayó de improviso y el frío comenzó a pincharlos en los muslos, los tres hermanos acortaron distancias. Quizá ni siquiera pensaron en ello, y jamás lo reconocerían, pero ya no se separaban.

Sus cabezas sobresalían cada vez menos de la superficie. Los movimientos de los brazos se volvieron más cortos. Al principio el agua respondía con espuma a las brazadas, pero ahora el lago permanecía en silencio. Cuando llegaron a la boya, Benjamin se dio la vuelta y miró la cabaña. La casa era pequeña como una pieza de Lego, allí arriba. Hasta ese momento no se percató de lo lejos que estaban realmente.

El cansancio se apoderó de él de repente. El ácido láctico le impedía llevar los brazos hacia delante. Lo pilló tan desprevenido que olvidó los movimientos de las piernas, ya no sabía qué tenía que hacer. Sintió un latigazo de frío en la nuca que le subió por el cogote. Oía sus propias respiraciones, cómo se iban haciendo más cortas y espasmódicas, y una idea gélida le inundó el pecho: no tendría fuerzas para llegar hasta la costa. Vio a Nils doblando el cuello hacia atrás para que no le entrara agua en la boca.

—Nils —dijo Benjamin.

Nils no reaccionó, se limitó a seguir pataleando con la mirada fija en el cielo. Benjamin se acercó a su hermano mayor, se calentaron la cara con el aliento. Sus miradas se encontraron y Benjamin se percató de un pánico en los ojos de su hermano que no le era conocido.

—¿Cómo estás? —le preguntó.

—No lo sé... —respondió jadeando—. No sé si puedo hacerlo.

Nils se estiró a por la boya y la agarró con ambas manos para usarla de flotador, pero la esfera no podía soportar su peso y se hundió en la oscuridad que se abría bajo ellos. Miró a tierra firme.

—No puedo —murmuró—. Está demasiado lejos.

Benjamin recordó lo que había aprendido en las clases de natación durante las largas lecciones sobre seguridad en el agua.

—Tenemos que conservar la calma —le dijo a Nils—. Da brazadas más largas. Respiraciones más largas.

Echó un vistazo a Pierre.

—¿Cómo vas? —le preguntó.

—Tengo miedo —dijo él.

—Yo también —respondió Benjamin.

—¡No quiero morir! —gritó Pierre. Sus ojos empañados justo por encima de la superficie del agua.

—Ven aquí —dijo Benjamin—. Acércate a mí.

Empezaron a nadar uno al lado del otro en dirección a la casa.

—Brazadas largas —repitió—. Vamos dando brazadas largas.

Pierre había dejado de llorar y nadaba con determinación. Al cabo de un rato encontraron un ritmo común: brazadas sincronizadas, soltaban aire y cogían aire.

Benjamin lo miró y se rio.

—Tienes los labios morados.

—Tú también.

Sonrieron brevemente. Y se concentraron de nuevo. Las cabezas por encima del agua. Brazadas largas.

Benjamin veía la cabaña allí delante y el pequeño campo de fútbol con césped irregular donde cada día jugaba con Pierre. La bodega y los arbustos de bayas a la izquierda, a donde iban al mediodía a coger frambuesas y grosellas negras y volvían a casa con arañazos blancos en sus piernas bronceadas. Y como un telón de fondo, los abetos se erguían en la creciente oscuridad del atardecer.

Los hermanos se estaban acercando a tierra firme.

Cuando solo quedaban quince metros para llegar a la orilla, Nils aceleró y comenzó a nadar a crol con rapidez. Benjamin maldijo su propia estupefacción y fue tras su hermano. De pronto el lago había dejado de estar en calma, ahora que la batalla de los hermanos por llegar a la costa se había vuelto más salvaje. Pierre quedó irremediablemente atrás. Nils iba una brazada por delante cuando llegaron a la orilla, y subieron corriendo la cuesta codo con codo. Benjamin agarró a Nils del hombro para adelantarlo, pero este se liberó de un tirón con una rabia que lo dejó atónito. Llegaron al jardín de la casa. Miraron a un lado y al otro.

Benjamin dio unos pasos en dirección a la cabaña, echó un vistazo por una de las ventanas. Y ahí, por la ventana de la cocina, vislumbró la figura de su padre. Su gran espalda, inclinada sobre el fregadero.

—Se han metido en casa —dijo.

Nils trataba de recuperar el aliento apoyado en las rodillas.

Pierre llegó sollozando por la cuesta. Miró desconcertado la mesa recogida. Allí se quedaron, sin saber qué hacer, los tres hermanos. Tres respiraciones agitadas rodeadas de silencio.

Capítulo 3

22:00

Nils le lanza la urna a su hermano con todas sus fuerzas. Pierre no se lo espera y el recipiente le golpea en el pecho. Por el ruido que se oye, Benjamin entiende al instante que algo se rompe dentro del cuerpo de su hermano. Un esternón o una costilla. Benjamin siempre ha podido ver tres pasos por delante de todos los demás, sabía prever los conflictos entre los miembros de la familia mucho antes de que se desataran. Ya con el primer choque, tan sutil que apenas existía, sabía cómo iba a empezar la bronca y cómo terminaría. Pero esto es diferente. De lo que sigue a este momento, cuando algo se rompe en la caja torácica de Pierre, no sabe nada. De aquí en adelante es todo terreno sin explorar. Está tirado en la orilla del agua, palpándose el pecho. Nils se le acerca a toda prisa:

—¿Qué te pasa? —Se agacha para ayudar a su hermano. Está asustado.

Pierre le da una patada a Nils en los gemelos y este se desploma en la arena pedregosa. Luego Pierre se abalanza sobre su hermano mayor, lo martillea con los puños en la cara, el pecho y los hombros. La comunicación es constante. Benjamin contempla la escena y le parece irreal, casi ficticio, que puedan estar hablándose al mismo tiempo que tratan de matarse el uno al otro.

Benjamin recoge la urna, que está tirada al lado del terraplén. La tapa se ha desprendido, parte de las cenizas se han derramado en la arena. El color de los restos de esqueleto es gris, tirando a azul, y nota su reacción en el breve lapso de tiempo que tarda en recoger la urna y taparla de nuevo: no se esperaba que las cenizas de su madre fueran así. Sujeta la urna con ambas manos, da unos pasos atrás y se queda absorto con la pelea de sus hermanos. Petrificado ante los acontecimientos, como tantas veces antes. Ve los patosos golpes, la tosquedad. Estaba cantado que, en algún momento de la vida, Pierre dejaría a su hermano hecho una piltrafa. Lleva metiéndose en peleas desde la adolescencia. Los recuerdos del colegio, cuando Benjamin cruzaba el patio y veía a la gente reunida para mirar una pelea, y entre los anoraks podía vislumbrar a su hermano sentado encima de alguien, y pasaba de largo a toda prisa; no quería ver a su hermano dando golpes sin parar, aunque su adversario ya no se moviera, aunque pareciera estar muerto. Pierre sabe pegar, pero allí en la orilla del lago están igualados, porque se ha roto una costilla y apenas logra mantenerse erguido. La mayoría de los puñetazos que se asestan son al aire o no aciertan o son repelidos por manos y brazos. Pero algunos ataques resultan devastadores. Pierre le da un puñetazo a Nils en el ojo y Benjamin ve cómo la sangre comienza a correrle de inmediato por la mejilla y el cuello. Nils le propina un codazo a Pierre y suena como si le partiera la nariz. Le tira del pelo, y cuando al final Nils lo suelta tiene mechones de la melena de su hermano entre los dedos. Al cabo de un rato se cansan. Por un momento parece que ninguno de los dos tenga fuerzas para continuar. Están sentados en la arena, separados a cierta distancia, mirándose. Y luego vuelven a empezar. Es todo muy lento y prolongado, quieren matarse, pero no parecen tener prisa.

Y no paran de decirse cosas.

Nils le lanza una patada a su hermano, pero falla y pierde el equilibrio. Pierre retrocede unos pasos, levanta una piedra y se la tira a su hermano con fuerza. La piedra pasa silbando por su lado, pero Pierre coge otra y se la tira y ahora sí que le da a Nils en la barbilla. Más sangre. Benjamin sube con cuidado de espaldas por el terraplén, agarra la urna tan fuerte que los dedos se le ponen blancos. Da media vuelta, sube en dirección a la casa. Llega a la cabaña, se mete en la cocina, encuentra su teléfono móvil. Llama al 112.

—Mis hermanos se están peleando —dice—. Me da miedo que se acaben matando.

—¿Puedes intervenir? —pregunta la mujer al otro lado de la línea.

—No.

—¿Por qué no puedes? ¿Estás herido?

—No, no...

—¿Por qué no puedes intervenir?

Benjamin se pega el teléfono a la oreja. ¿Por qué no puede intervenir? Echa un vistazo por la ventana. Mire donde mire ve los pequeños lugares de juego de su infancia. Fue en esas tierras donde todo comenzó en su día, y fue ahí donde terminó. No puede intervenir porque una vez se quedó encallado, ahí, y desde entonces no ha podido moverse. Sigue teniendo nueve años, y allí abajo los que se están peleando son los adultos, sus hermanos, cuyas vidas siguieron avanzando.

Ve las siluetas de los dos, que están intentando matarse. No es un final digno, pero quizá sí uno esperado. ¿Cómo habían pensado que iba a acabar esto, si no? ¿Qué pensaban que iba a pasar cuando finalmente regresaran al sitio del que habían dedicado sus vidas a huir? Ahora los hermanos se están peleando con el agua por las rodillas. Benjamin ve que Pierre derriba a Nils, que termina bajo el agua. Ahí se queda, no se levanta, y Pierre no hace ademán de ayudarlo.

Un pensamiento le pasa a Benjamin por la cabeza: sus hermanos van a morir allí abajo.

Y luego suelta el teléfono y ahora sí que corre. Sale por la puerta y se precipita por la escalera de piedra; el sendero que baja al lago forma parte de su memoria muscular, aún es capaz de neutralizarlo todo, incluso a esta velocidad, esquiva cada raíz que sobresale del suelo, salta por encima de cada piedra afilada. Cruza corriendo su infancia.

Pasa junto al lugar donde sus padres siempre se sentaban bajo los últimos rayos de sol de la tarde antes de que este se escondiera detrás del lago. Corre junto a la pared de bosque que se yergue al este, deja atrás el cobertizo de la barca. Está corriendo. ¿Cuándo fue la última vez que lo hizo? No lo recuerda. Ha vivido su vida adulta en una constante desaceleración, como dentro de un paréntesis, y cuando ahora nota el pulso en el pecho se siente lleno de una llamativa euforia, porque puede y es capaz, o quizá más bien: porque quiere. Saca fuerzas del hecho de tener una pulsión que lo motive. Y supera de un salto el pequeño terraplén donde solía cazar renacuajos de pequeño y se lanza al agua. Agarra a sus hermanos y se prepara para separarlos, pero se da cuenta en el acto de que no hace falta. Han dejado de pegarse. Están el uno junto al otro, con el agua por la cintura, unos metros lago adentro. Se miran. El pelo castaño de uno recuerda al del otro, sus ojos son idénticos, del mismo tono marrón. No dicen nada. La calma vuelve a reinar sobre las aguas. Solo se oye a tres hermanos llorando.

En la escalera de piedra se examinan las heridas. No se piden perdón, porque no saben cómo se hace, porque nadie se lo ha explicado nunca. Se tocan los cuerpos el uno al otro con cuidado, se lamen las heridas, juntan las frentes. Los tres hermanos se abrazan.

Más allá del silencio sordo y húmedo del verano, Benjamin oye de pronto el sonido de un motor más arriba, en el bosque. Echa un vistazo a la cuesta. Un coche patrulla avanza despacio entre la vegetación azulada del camino de tierra que baja hasta la finca. Allí está la cabaña, en el cabo, reinando solitaria en medio de la noche de junio, que nunca llega a oscurecer del todo.

CAPÍTULO 4
La columna de humo

Después de comer, mamá y papá se levantaron de la mesa del jardín. Papá recogió los platos y apiló los vasos. Mamá se llevó el vino blanco a la cocina y metió la botella con esmero en la nevera. Luego, señal de actividad en el cuarto de baño, porque la bomba de agua sonó un par de veces. Papá escupió con fuerza en el lavabo. Después subieron juntos por la escalera con movimientos pesados. Benjamin oyó cerrarse la puerta del dormitorio, y se hizo el silencio.

Lo llamaban «siesta». No tenía nada de raro, les habían dicho: en España la gente siempre se la echaba. Una hora de sueño después de comer, para así empezar la tarde con energía y despejados. Para Benjamin era una larga hora sin nada que hacer, seguida de la singular media hora en la que mamá y papá salían a trompicones al jardín y se sentaban en silencio y fácilmente irritables en las sillas de plástico. Durante ese rato Benjamin guardaba por norma las distancias, los dejaba a solas para que se desperezaran en paz, pero luego se acercaba a sus padres, y sus hermanos también aparecían desde puntos distintos, porque a veces pasaba que su madre les leía algo en voz alta. Tumbados en una manta, si hacía buen tiempo, o sentados en el sofá de la cocina delante de la estufa de leña, si llovía, los chicos escuchaban a su madre mientras les leía los viejos clásicos, los libros que ella consideraba que los niños debían conocer. Y solo existía la voz de mamá, nada más, y ella le mesaba el pelo a alguno de sus hijos con la mano que tenía libre, y cuanto más duraba ese rato, más se acercaban los niños a su madre, y al terminar era como si estuvieran todos fundidos en un solo cuerpo: no se sabía dónde terminaba un hermano y dónde empezaba el otro. Cuando llegaban al final de un capítulo, su madre cerraba el libro con un golpe delante de las narices de alguno de los tres y todos gritaban entusiasmados.

Benjamin se sentó en la escalera de piedra. La espera que tenía por delante era larga. Se miró las piernas rasguñadas de cada verano, se vio las picaduras de mosquito en las espinillas, percibió el olor de su piel bronceada y el desinfectante con el que su padre le había untado los pies contra las picaduras de ortiga. El corazón le latía deprisa aunque él no se estuviera moviendo. No sentía malestar, sino otra cosa, más difícil de explicar. Estaba triste sin saber del todo por qué. Paseó la mirada por la cuesta que bajaba al lago, el prado azotado por el sol y marchitado. Notó que todo a su alrededor flaqueaba. Era como si alguien hubiera tapado toda la finca con una quesera. Siguió a una avispa con la mirada, estaba trepando inquieta por un cuenco con salsa de nata que se había quedado en la mesa. La avispa era grande e irracional y le pasaba algo, parecía que sus alas se movieran cada vez más despacio, con más y más esfuerzo, hasta que se acercó demasiado a la salsa y quedó atrapada. Benjamin siguió la lucha del insecto por liberarse, pero sus movimientos fueron menguando, y al final la avispa se quedó quieta. Escuchó el canto de los pájaros, de pronto lo notó diferente, como si estuvieran cantando más despacio, a la mitad de velocidad. Luego callaron. Benjamin sintió una oleada de espanto recorriéndole el cuerpo. ¿El tiempo se había detenido? Dio cinco palmadas, como solía hacer para volver en sí.

—¡¿Hola?! —gritó al aire. Se levantó, volvió a dar palmadas con las manos, cinco veces, tan fuerte que escocieron las palmas.

—¿Qué haces?

Pierre estaba un poco más abajo en la cuesta, mirándolo.

—Nada —respondió Benjamin.

—¿Vamos a pescar?

—Vale.

Benjamin fue a buscar las botas de agua al recibidor. Después dobló la esquina de la cabaña y cogió la caña de pescar, que estaba apoyada en la fachada.

—Yo sé dónde hay lombrices —dijo Pierre.

Fueron detrás del granero, donde la tierra estaba húmeda. Dieron dos paladas y las volcaron bocabajo, y de repente la tierra comenzó a brillar de tantas lombrices que había. Los hermanos las fueron sacando de los terrones y las metieron en un tarro, donde luego ellas se quedaron quietas, en total apatía, despreocupadas por el cautiverio. Pierre agitó el tarro y lo puso del revés en un intento de avivarlas, pero ellas parecían tomárselo todo con calma, incluso la muerte, porque cuando Benjamin las atravesaba con el anzuelo, una vez que hubieron bajado al lago, no protestaban, sino que se dejaban penetrar por el metal sin oponer resistencia alguna.

Se fueron turnando para sujetar la caña. El flotador era rojo y blanco y se veía con claridad sobre el fondo de agua negra, excepto cuando se deslizaba por el reflejo del sol en el lago. Por la orilla se estaban acercando las hermanas Larsson, las tres gallinas de la finca, juntas pero cada una ocupada con lo suyo, picoteando al azar en el suelo en distintos lugares, cacareando débilmente. Benjamin siempre se sentía incómodo cuando se le acercaban, porque no veía ninguna lógica en su comportamiento. Se puso tenso, ahora podía pasar cualquier cosa, como cuando un borracho de la plaza de repente te decía algo. Además, una de ellas estaba ciega, le había dicho su padre, por lo que se le podían cruzar los cables si se sentía amenazada, y Benjamin solía observar con detenimiento las miradas vacías de las gallinas, pero nunca lograba discernir cuál era la que no veía nada. ¿No podía ser que fueran las tres ciegas? Era la sensación que daban, cuando avanzaban intranquilas por el terreno. Papá las había comprado unos cuantos veranos atrás, para cumplir por fin su sueño eterno de comer huevos frescos para desayunar. Papá les daba comida, les tiraba pienso por la tarde al grito de «¡pot-pot-pot!» y por la noche las pastoreaba hasta hacerlas entrar en el granero. El ruido de cuando golpeaba el fondo de una cacerola con un cucharón resonaba por toda la finca. Cada mañana Pierre tenía la misión de ir al gallinero de las hermanas Larsson a coger los huevos, y volvía corriendo por el sendero de hierba con el tesoro en las manos y papá se metía en la cocina y llenaba una olla con agua. Se había convertido en una tradición, de Pierre y su padre, y también era un momento bonito para Benjamin, porque le tranquilizaba, era agradable y le permitía respirar con calma.

Las gallinas dejaron de picotear el suelo y miraron con ojos inertes a los hermanos en la orilla del agua. Benjamin hizo un amago de ataque y las hermanas Larsson aceleraron el paso sin pensárselo, se alejaron a ras de suelo, concentradas en la hierba. Pasaron de largo y desaparecieron.

—¡Han picado! —gritó Pierre—. ¡Toma! —dijo, y le pasó la caña a Benjamin.

Este hizo como su padre le había enseñado: no sacó al pez en el acto, sino que lo fue arrastrando con cuidado hacia tierra. Él tiraba en una dirección, el pez en la otra, con una fuerza que él no se esperaba. Cuando vio el contorno de la bestia bajo la superficie del agua, cuando vio cómo bregaba por liberarse del anzuelo, gritó:

—¡Un cubo, deprisa!

Pierre miró nervioso a un lado y al otro.

—¿Un cubo? —preguntó.

—¡Nils! —chilló Benjamin—. ¡Han picado, trae un cubo!

Vio un movimiento en la hamaca, Nils salió disparado hacia la casa y luego bajó corriendo al lago con un cubo rojo en la mano. Benjamin no quería tirar demasiado fuerte por miedo a que el hilo fuera a romperse, pero no tenía más remedio que tirar de la caña cuando el pez trataba de volver a las profundidades del mar. Nils se metió en el agua sin vacilar y hundió el cubo.

—¡Tráelo hasta aquí! —gritó.

El pez azotaba la superficie, se acercaba de nuevo a tierra firme. Nils dio otro paso en el agua, el pantalón corto se le mojó, y atrapó al pez con el cubo.

—¡Lo tengo! —gritó.

Se reunieron alrededor del cubo y miraron dentro.

—¿Qué es? —preguntó Pierre.

—Una perca —dijo Nils—. Pero tenéis que devolverla al agua.

—¿Por qué? —quiso saber Pierre decepcionado.

—Es demasiado pequeña —respondió—. No se puede comer.

Benjamin miró el interior del cubo y vio al pez dando coletazos contra las paredes. Era más pequeño de lo que le había parecido mientras luchaba con él para sacarlo. Las escamas crestadas titilaban, las aletas afiladas se erizaron en la espalda del pez.

—¿Estás seguro? —preguntó Benjamin.

Nils soltó una carcajada.

—Papá se va a reír de vosotros si le enseñáis eso.

Pierre levantó el cubo y se dirigió con paso decidido a la casa. Benjamin lo siguió de cerca.

—¡¿Qué hacéis? Tenéis que devolverlo al agua! —gritó Nils. Al ver que no contestaban, fue corriendo tras ellos.

En la cocina, Pierre había dejado el cubo en la mesa. Estaba observando al animal, el plástico rojo del cubo se reflejaba en su cara, creando la falsa sensación de que se estaba ruborizando.

—¿Lo asamos vivo? —preguntó con voz queda.

Nils miró atónito a su hermano.

—Se te va la olla —dijo. Dio media vuelta y salió de la casa.

Benjamin lo oyó murmurar cuando pasó por delante de la ventana:

—Puto manicomio.

Lo siguió con la mirada, lo vio tumbarse en la hamaca.

—Lo asamos vivo —dijo Pierre otra vez.

—No —contestó Benjamin—. No podemos hacer eso.

Pierre se subió a una silla y bajó una de las sartenes que colgaban de la pared sobre la encimera. La puso en la cocina de gas y miró desconcertado los reguladores de los fogones. Giró uno y enseguida se oyó el siseo del gas. Se inclinó hacia delante, miró la rejilla de los quemadores.

—¿Cómo se hace el fuego? —preguntó. Giró el regulador en ambos sentidos, pero lo único que se oía era el gas yendo y viniendo. Se volvió hacia Benjamin—. ¡Pero ayúdame!

—Hay que usar cerillas —respondió este.

—¿Me vas a ayudar o no?

—Pierre —dijo Benjamin—. No se puede asar un pez vivo.

—Para ya —repuso aquel—. Tú solo ayúdame.

Y el gas se extendió por la habitación, y una ventana dio un golpe en el piso de arriba, y las golondrinas que habían hecho nido en el caballete del tejado raspaban la madera, como si estuvieran rascando la casa, y el sol de mediodía iluminaba los tablones rugosos de la mesa de la cocina, la baraja de cartas amarillenta que se había quedado allí después de la partida de sus padres la noche anterior, y la luz del sol caía de lado sobre los dos hermanos, iluminando las moscas muertas que se acumulaban en el marco de la ventana, y Benjamin miró por ella y luego otra vez a Pierre. Y entonces cogió las cerillas del primer cajón y deslizó la cabeza de un fósforo por la lija. La cerilla se encendió al instante con una llamita roja.

—¿Hay que poner mantequilla o algo? —preguntó Pierre paseando la mirada por la cocina.

Benjamin no dijo nada. Su hermano se fue a hurgar en la nevera, pero sin encontrar lo que buscaba. Volvió a los fogones, un leve humo cuando el fuego calentó la sartén. Pierre levantó el cubo rojo y vertió el contenido en la sartén. El pez cayó dando bandazos y al primer contacto con el hierro pegó un salto en el aire. Luego ya no tuvo más fuerzas. Se pegó a la sartén, sus branquias se elevaron, discretos movimientos en la cola. Hizo algún intento de moverse, pero su piel se había comenzado a desprender, se estaba adhiriendo poco a poco al hierro.

La sartén empezó a humear. Benjamin seguía los acontecimientos sin decir palabra. Pierre intentó meter con cuidado una espátula por debajo del pez para darle la vuelta. Toqueteaba y empujaba al pez y entornaba los ojos cada vez que le entraba humo, y al final consiguió despegarlo. Restos de escamas adheridas allí donde había estado el animal. El pez pegó un brinco, dio media vuelta en el aire y aterrizó en el mismo sitio. Los dos hermanos se echaron rápidamente atrás y se quedaron mirando la sartén.

—¡Aún está vivo! —dijo Benjamin—. ¡Tenemos que matarlo!

—Hazlo tú, yo no me atrevo —respondió Pierre.

—¿Por qué yo? —le espetó Benjamin.

Pierre lo empujó en un intento de acercarlo a la sartén.

—¡Para!

El pez dio otra vuelta en el aire.

—¡Si has sido tú quien lo ha hecho!

Pierre no se movía del sitio, miraba fijamente la sartén boquiabierto. Benjamin se acercó un poco a los fogones, giró el regulador y lo puso a fuego fuerte. Volvió atrás, se colocó al lado de su hermano. Entre el humo podían oír leves ruiditos, el pez estaba golpeando la sartén con la cola, era como si estuviera marcando el tempo contra el hierro a medida que el calor iba en aumento. Benjamin sintió que le flaqueaban las piernas y tuvo que apoyarse en una silla. Un repentino chisporroteo cuando el pez se abrió y las vísceras se derramaron en la sartén, el humo se volvió más denso y había algo en aquello que estaba sucediendo que le hizo pensar que Dios estaba de alguna manera implicado, mientras el humo se iluminaba con el sol en su camino hacia el techo, y pensó que la columna de humo estaba creando un canal, una esclusa divina, a través del cual el pez estaba ascendiendo al cielo. Y de pronto lo vio todo con total claridad, era como si todos los acontecimientos del mundo se redujeran a esa sartén, como si el peso del planeta recayera entero sobre los fogones que tenía delante.

Luego se acabó.

Se hizo silencio.

Benjamin se acercó a la sartén y la metió en el fregadero, abrió el grifo, el chisporroteo se vio sustituido por otro tipo de chisporroteo y entonces ya no se oyó nada. Miró el pececito carbonizado que seguía en la sartén. Con ayuda de la espátula lo empujó a la basura y lo tapó con un poco de papel. Se acercó a Pierre, que continuaba inmóvil a unos pasos de los fogones.

—Esto no ha estado bien, Pierre.

Este miró a su hermano con semblante serio.

—Vete, ya me ocupo yo de todo esto —dijo Benjamin.

Pierre salió de la casa, Benjamin lo observó a través de la ventana y lo vio marcharse corriendo en dirección al granero. Luego fregó la sartén, se ayudó con agua caliente para raspar todas las escamas.

Salió y se sentó en la escalera de piedra. Fuera había tanta luz que todo se volvió negro. Pudo oír ruidos inciertos dentro de la casa, alguien en la escalera, y de pronto vio allí a la perra, que se había despertado de su cabezada.

—Cosita bonita —susurró Benjamin imitando la forma que su madre tenía para hacer que la perra se acercara, se golpeó la rodilla con la mano y Molly se subió a su regazo y se acomodó en él.

Él la abrazó, a lo mejor su corazón dejaba de latir tan rápido si pegaba el pecho al cuerpo caliente del animal. Se levantó, tomó el sendero que bajaba al lago y se sentó con Molly en una de las piedras grandes. El exterior aún se le antojaba como en un eclipse de sol, y cuando los colores regresaron pudo distinguirlo claramente, confirmando así sus sospechas: el mundo había cambiado. Vio la espuma en el agua después de que un banco de peces se hubiese peleado por algo de comida justo por debajo de la superficie. Vio los anillos en el agua, observó que no se movían hacia fuera, sino hacia dentro. Los anillos se encogían hacia el centro y desaparecían sin dejar rastro en la espuma que ellos mismos generaban. Benjamin oteó la bahía y volvió a ver el mismo fenómeno. Los anillos en el lago buscaban su propio centro, como si alguien estuviera reproduciendo una película al revés. El eco de un grito proveniente del lago lo cogió por sorpresa. Buscó con la mirada, trató de localizar la fuente. Luego chilló. Comprendió que el tiempo no se había detenido en absoluto: estaba dando marcha atrás.

Se tapó los ojos con las manos.

—¡Cosita bonita!

¿Quién gritaba? Entre los dedos, echó un vistazo al césped sombrío, donde vio sentados a mamá y papá, recién levantados, aturdidos. Mamá había descubierto a la perra en el regazo de Benjamin y volvió a llamarla. Y entonces el mundo comenzó a enderezarse poco a poco.

Benjamin soltó a Molly, que subió corriendo hasta su madre, y él siguió sus pasos por el sendero de hierba. Sus padres estaban sentados mirando el césped. Mamá sacó un paquete de cigarros y lo dejó sobre la mesa, se estiró para acariciar a la perra.

—Hola, chiquillo —dijo papá con voz ronca.

—Hola —saludó Benjamin.

Se sentó en el césped. Silencio. Su madre le lanzó una mirada.

—Ven a rascarme la espalda —le pidió.

Benjamin se puso detrás de ella y empezó a

rascarla meticulosamente, y su madre cerró los ojos y de vez en cuando soltaba algún sonido de satisfacción, la mano de su hijo por debajo de su jersey.

—Espera —dijo ella, y se desabrochó el sujetador para que pudiera trabajar mejor.

Benjamin notó las marcas que la prenda le había dejado en la piel al deslizar los dedos desde la nuca hasta los omóplatos. Y rascaba con atención, tal como sabía que a ella le gustaba, porque no quería que aquel instante llegara a su fin. Su madre se volvió para mirarlo.

—¿Por qué lloras, cariño?

Benjamin no respondió, se limitó a seguir rascando a su madre.

—¿Qué ha pasado?

—Nada —contestó él.

—Mi pequeño —dijo su madre—. No llores, hombre.

Luego se quedó callada y dobló el cuello.

—Un poco más abajo.

Con el rabillo del ojo, Benjamin vio a las hermanas Larsson acercándose con sigilo al jardín. Se colocaron en fila en la parcela de césped, observando todo cuanto acontecía. Él notó que se le aceleraba el pulso. Pensó en el pez, en la sartén humeante, las escamas pegadas al hierro. Las gallinas lo miraron fijamente. Ellas sabían lo que había hecho y lo juzgaban en silencio.

Y él iba rascando a su madre mientras observaba a las gallinas sin atreverse a apartar la vista, no se atrevía a mirar arriba. No se atrevía a dirigir los ojos a la mesa, porque temía que la comida aún siguiera allí, que justo acabaran de terminar de comer y su madre y su padre fueran a irse a dormir la siesta.

Capítulo 5

Benjamin está delante del lago con un ramo de botones de oro secos en la mano. Al lado tiene a sus hermanos. Nils lleva la urna. Le pesa, tiene que cambiarla de mano todo el rato, con una expresión cada vez más perpleja en la cara, como si el peso de su madre lo hubiese pillado desprevenido.

—¿Decimos algo? —pregunta Nils—. ¿O cómo se hace?

—No lo sé —dice Benjamin.

—¿Unas palabras sobre ella o algo?

—Empezamos y el resto ya saldrá solo.

—Esperad —pide Pierre—. Tengo que mear. —Se aparta unos pasos, se pone de cara al agua y se baja la bragueta.

—Pero, tío —se queja Nils—. ¿No podemos darle un poco de solemnidad al momento?

—Desde luego. Pero es que tengo que mear.

Benjamin observa la espalda de Pierre, escucha el sonido de la orina salpicando en las piedras de la orilla. Ve a Nils intentando sujetar mejor la urna.

—¿Necesitas ayuda, quieres que la coja un rato?

Este niega con la cabeza.

El lago yace tranquilo y Benjamin ve el bosque bocabajo en el reflejo del agua, ve dos cielos y ambos titilan en rosa y amarillo. Al fondo, el sol se va acercando a los abetos colosales. Un poco más adentro en la bahía hay una boya de porexpán en las aguas inmóviles.

—Mira —dice Benjamin señalando la boya—. ¿No es la nuestra?

Nils se rasca con cuidado una picadura de mosquito que tiene en la frente y distingue el puntito que hay lago adentro.

—Hay que joderse —dice. Se protege del sol para ver mejor—. Los últimos días que estuvimos aquí... Puede que echáramos la red el día antes de que ocurriera todo. Y luego se desató el caos, y cuando nos fuimos a casa de repente teníamos tanta prisa... ¿Puede ser que...? —Se ríe—. ¿Puede ser que nos olvidáramos de sacar la red antes de marcharnos?

Benjamin mira la boya, está bastante lejos, pero aun así lo bastante cerca como para poder distinguir bien la forma: tiene los bordes carcomidos por las ratas que asolaban el cobertizo de la barca en invierno.

—¿Quieres decir que lleva ahí todo este tiempo? —dice.

—Sí.

A Benjamin le viene la imagen de la red. Cinco metros de profundidad, un cementerio subacuático, donde los peces se agolpan en distintos estadios de descomposición. Escamas y espinas, y ojos contemplando la oscuridad, todo ha quedado atrapado entre los pequeños rombos recubiertos de algas, y los años pasan y arriba suceden cosas, familias que hacen las maletas y desaparecen, y todo queda vacío, las estaciones del año van cambiando y pasan las décadas, todo en constante cambio, pero a cinco metros bajo el agua la red sigue en su sitio, esperando pacientemente, abrazando a todo aquel que se le acerque.

—A lo mejor deberíamos sacarla —opina Nils.

—Sí —responde Benjamin.

Pierre suelta un chillido agudo un poco más allá, un gritito nervioso, como si quisiera objetar algo pero aún no hubiese encontrado las palabras para hacerlo, al mismo tiempo que, todavía de espaldas a sus hermanos, hace movimientos espasmódicos con la mano para desprenderse de las últimas gotas.

—¡No se hable más! —grita. Se sube la bragueta—. ¡Lo hacemos!

—Vamos a hacer la ceremonia —propone Nils.

—Eso puede esperar —dice Pierre—. Los hermanos, embarcándose de nuevo en el lago. Un último viaje, en la puesta de sol. ¡A mamá le habría gustado!

—No, ahora no —replica Nils, pero Pierre ya se ha puesto a caminar por el terraplén, va saltando por las piedras más grandes de la orilla.

—¡¿Creéis que la barca sigue ahí?! —grita.

Benjamin y Nils intercambian una mirada fugaz. Este esboza su sonrisa torcida. Siguen a su hermano pequeño en dirección al cobertizo de la barca.

En efecto, la barca sigue allí. Meticulosamente subida a los troncos, la vieja barca blanca de plástico, tal y como la dejaron. Partes del casco están cubiertas de musgo, así como la bancada y la proa, y el agua que se ha acumulado en la popa ha creado su propio ecosistema de algas y limo, pero el bote está intacto. Los remos, escondidos como de costumbre en el suelo, debajo de una lona, y los hermanos se colocan a sendos lados de la barca; Pierre dirige la expedición, grita «¡Ahora!» y todos tiran, y las piedras restallan debajo del casco hasta que se desliza al agua negra, tras lo cual vuelve a reinar un silencio sepulcral.

Benjamin rema y Pierre y Nils van sentados en la popa, hundiendo la barca y haciendo que la proa apunte ligeramente al cielo. De pronto les resulta tan familiar... Benjamin mira a sus hermanos. Se han puesto traje oscuro y corbata para honrar a su madre. Pierre lleva las gafas de sol que a él le parecen tan grandes y llamativamente femeninas. Nils se ha quitado los zapatos y los calcetines y se ha arremangado las perneras del traje para no mojárselo. No hablan, solo se oye el chapoteo de los remos al tocar el agua, las gotas cayendo en la superficie cada vez que Benjamin eleva los remos a ambos lados de la barca. Anochece enseguida, la orilla de la playa se torna lechosa, Benjamin levanta la cabeza y de pronto ve el universo allí arriba, aunque el cielo aún esté azul. Ve la cabaña por encima del terraplén: la puerta está abierta de par en par, como si mamá y papá fueran a salir de un momento a otro y fueran a bajar al lago con la cesta llena de bebidas y salchichas. Ve la parcela de césped, ahora recubierta de flores salvajes. Una brisa fría hace encresparse el mar.

—¡Eh! —grita Pierre.

La boya se acerca y los hermanos se preparan, como hacían siempre de pequeños, se dan la vuelta en sus posiciones asignadas, y Benjamin hace el último tramo dando marcha atrás con el barco y Nils se asoma y caza la boya.

—Tenemos que estar preparados para ver cosas bastante horribles —dice este.

Entonces empieza a recoger el cabo amarillento y descolorido de nailon y lo va metiendo en la barca. Los primeros tirones le resultan fáciles, pero luego comienza a notar el peso de la red. No se esperaba tanta resistencia, pierde el equilibrio y se ve obligado a sentarse.

—Madre mía —murmura—. Pierre, ayúdame a tirar.

Con un apoyo inestable, este y Nils suman fuerzas y la red se mueve, se acerca lentamente a la superficie.

—¡Veo el gancho! —grita Pierre.

Y Benjamin se pone en pie y vislumbra la red con toda su carga oculta, como una oscuridad cargada por una oscuridad aún mayor, y los hermanos tiran y hacen muecas cuando el cabo de nailon se les clava en las manos, y justo cuando la red alcanza la superficie, el cabo se rompe. La barca se balancea, los hermanos se sujetan al canto, miran por la borda, ven al coloso cayendo de nuevo a las profundidades hasta desaparecer.

Pierre suelta una carcajada, aúlla sobre el lago. Nils mira a su hermano con una sonrisa. Empieza a reírse, y acaban contagiando a Benjamin; ahora se ríen los tres. Benjamin da la vuelta con la barca, empieza a remar de regreso a tierra firme.

En la carta que los hermanos encontraron en el piso de su madre, esta les compartía su deseo de que sus cenizas fueran esparcidas por el lago, delante de la cabaña. No decía exactamente dónde, pero los tres están de acuerdo en que han encontrado el sitio adecuado. Ella solía sentarse cada mañana a leer el periódico en la orilla del agua al final del cabo. Y allí se sentaba también por las tardes, justo antes de que el sol se pusiera, cuando la luz se tornaba dorada, a escuchar cómo el viento azotaba los árboles, cómo iba saltando de las copas que estaban más lejos a las más cercanas, los distintos silbidos que emitía, dependiendo del árbol que azotaba. Y por mucho que hubiese soplado durante el día, siempre ocurría lo mismo: justo cuando el sol se ponía, el viento amainaba y el lago se aplanaba. Ahora los tres se colocan allí en fila, en ese preciso instante, en la orilla del lago. Nils lleva la urna, se pone delante de sus hermanos.

—Me parece que tengo que mear —dice Pierre.

—¿Otra vez? —pregunta Nils.

—¿Qué pasa?

—Venga ya —murmura este.

—A nadie le gusta mearse encima, ¿no te parece?

—No —contesta Nils—. Ya hemos pasado por esa experiencia.

—Exacto —conviene Pierre.

—En eso nos ganas a todos, quieras que no —afirma Nils, y sonríe burlón—. Cuando éramos pequeños fuiste el que más veces se meó encima.

—Me gustaba vivir, quería hacer cosas, y era tan aburrido ir al lavabo...

Los tres hermanos se ríen, la misma risa, que suena como cuando alguien arruga una hoja de periódico.

—Una vez, en segundo de primaria, me meé encima mientras estábamos jugando al fútbol en el recreo —cuenta Pierre—. Solo unas gotas, pero lo suficiente como para que me atravesara el pantalón. Un punto oscuro del tamaño de una moneda de cinco coronas justo en la bragueta. Björn no tardó demasiado en descubrirlo.

—Me acuerdo de Björn —dice Benjamin—. Siempre sabía encontrar el punto débil de todo el mundo.

—Exacto. Descubrió la mancha y empezó a señalarme con el dedo y a gritar que me había meado. Todo el mundo se me quedó mirando. Pero yo les expliqué que la pelota acababa de darme justo ahí. Porque había llovido y el campo estaba mojado, y la pelota también, así que la explicación era de lo más razonable. Björn se calló y seguimos jugando. Yo me sentí de lo más satisfecho, porque la mentira no era nada mala. Fue genial. Me meé encima, sin salir perjudicado.

Sus hermanos se ríen.

—Pero luego vino más pis —dice Pierre—. La mancha se hizo más grande. Y Björn repescó el tema. Cuando se acabó el recreo y entramos todos otra vez, él fue todo el rato caminando a mi lado, mirándome. Cada dos por tres echaba un vistazo a mis pantalones. Al llegar a clase gritó: «¡Avalancha contra Pierre!».

—¿Avalancha? —pregunta Benjamin extrañado.

—Sí. ¿Nunca te han hecho una avalancha? Alguien grita un nombre y entonces todo el mundo se le tiene que tirar encima, haciendo una montaña de cuerpos.

—¿Y qué pasó? —exhorta Benjamin.

—Pues que se abalanzaron sobre mí. Yo estaba debajo del todo, sin poder moverme. Y justo encima tenía a Björn. Estábamos cara a cara, y me acuerdo de que me sonreía, el muy cabrón. Entonces me metió una mano por dentro del pantalón. Yo intenté oponer resistencia, pero estaba completamente atrapado. Hurgó en mis calzoncillos mojados y luego sacó la mano y se la olió. Gritó: «¡Es meado! ¡Pierre se ha meado encima!».

—¿No había ningún profesor? —pregunta Benjamin.

—No lo recuerdo —responde Pierre—. Al menos no había nadie que hiciera nada. —Recoge una piedra de la orilla y la lanza al agua—. Los tenía a todos encima y se pusieron a gritar que me había meado.

Benjamin se percata de que a Pierre le han aparecido unas manchitas rojas en el cuello. Las conoce bien, de pequeño siempre las veía cuando estaba asustado o enfadado.

—Estando allí tirado podía ver el pasillo —dice Pierre—. Y en la puerta te vi a ti, mirando. —Se vuelve hacia Nils, le clava los ojos.

—No —contesta este—. Eso no ha pasado nunca.

—Sí —insiste Pierre—. Tú me viste allí tirado. Y pasaste de largo.

Nils niega rápidamente con la cabeza, Benjamin reconoce su sonrisa nerviosa, compungida.

—Di lo que quieras —suelta Pierre—. Lo recuerdo a la perfección, y jamás lo olvidaré. En aquella época no le di demasiadas vueltas, pero desde hace unos años no me entra en la cabeza. Tú eras mucho mayor. Te habría sido tan fácil entrar y ponerle fin a todo... —Mira a Nils—. Pero te largaste.

Nils mira la urna que tiene en las manos. Frota la tapa con el pulgar, como si quisiera limpiar una mancha de suciedad.

—No sé de qué estás hablando —dice.

—¿Puede ser que no te acuerdes? —pregunta Pierre—. Suele pasar. Tú no veías nada, no oías nada. En cuanto la cosa se iba de madre, tú te ponías a gritar que vivías en un puto manicomio, y luego te encerrabas en tu cuarto. Pero el puto manicomio seguía al otro lado de la puerta, por mucho que tú no lo vieras.

—Quítate las gafas de sol —dice Nils de pronto, tajante—. Muéstrale un poco de respeto a mamá, no montes un numerito.

—Haré lo que me dé la gana —responde Pierre.

Benjamin se concentra. Nota que la conversación empieza a torcerse, lo nota por la manera en que se contraen las manos de Nils alrededor de la urna, por su forma de aguantarle la mirada a Pierre.

—Escúchame bien, porque solo lo diré una vez —empieza Nils—. No quiero oírte decir ni una palabra más de que de pequeño te trataron mal. Ni una sola palabra.

—Me fallaste —dice Pierre.

Nils se lo queda mirando.

—¿Que te fallé? —Se ríe—. ¿Eres tú la víctima? No puedo recordar ni un solo día en que Benjamin y tú no os metierais conmigo, cuando éramos pequeños. Me hacíais sentirme un inútil. ¿Y ahora resulta que eres tú al que hay que compadecer?

Pierre mira al lago y niega despacio con la cabeza.

—Vamos a hacer esto de una vez, ya llorarás luego.

Nils da un paso al frente, se planta delante de su hermano.

—No escurras el bulto.

Pierre reacciona al instante, da también un paso

al frente. Benjamin se acerca, en un intento confuso de intervenir. Ahora están los tres muy pegados, con una hostilidad que les resulta completamente desconocida. De pronto no hay ira en sus miradas, solo desconcierto. Se miran los tres inquietos. Ni ellos mismos saben lo que están haciendo.

—Vamos a tranquilizarnos —dice Benjamin.

—Yo no pienso tranquilizarme —repone Nils—. Dices que cuando éramos pequeños yo pasaba de todo. ¿Te parece tan raro que no quisiera participar, cuando me llamabais «feo» y «asqueroso» cada vez que me dejaba ver? Y me hacías lo de los ojos.

—¿El qué? —pregunta Pierre. Se queda un momento en silencio. Luego cruza los ojos, imitando el estrabismo de Nils con una sonrisita.

Este le lanza la urna a su hermano con todas sus fuerzas. Pierre no se lo espera y el recipiente le golpea en el pecho. Por el ruido que se oye, Benjamin entiende al instante que algo se rompe dentro del cuerpo de su hermano.

Capítulo 6
Los reyes de los abedules

La cena en el jardín, justo antes de levantar el campamento. Mamá cogió un cigarro, levantó varios cuencos en busca del mechero. Papá miraba su plato vacío con cierta preocupación, no estaba del todo satisfecho. Mamá había retirado el borde del bistec y no se lo había comido, y de pronto papá lo vio. Lo fue mirando con disimulo, allí tirado en el otro plato, como un dedo tiznado, lo vigilaba con el rabillo del ojo, sopesando sus opciones.

—Eso de ahí... —dijo al final, señalando la grasa rechazada.

Mamá le clavó rápidamente el tenedor y se lo pasó a papá.

—Gracias —murmuró él, y le hincó el diente sin demora.

Mamá lo observó mientras comía. En su rostro pequeñas señales de asco, Benjamin era el único capaz de percatarse de ellas. Conocía al dedillo la irritación que le provocaba a su madre el apetito infinito de su padre, odiaba que barriera los platos de los demás con la mirada, que se metiera a escondidas en la cocina después de cenar y se preparara un «bocadillo de refuerzo», que por las tardes se plantara delante de la nevera, buscando con impotencia algo que llevarse a la boca. A veces mamá estallaba y le gritaba que era como un animal. Por lo general papá respondía con silencio, cerraba enseguida la puerta de la nevera y se marchaba, pero en ocasiones reaccionaba con la misma furia: «¡Déjame comer!».

Papá dejó los cubiertos y clavó el puño en la mesa.

—¡Chicos! —Se limpió la boca con una bola de papel de cocina—. Estaba pensando en enseñaros un sitio que ninguno de los tres ha visto nunca. ¿Quién se apunta?

Benjamin y Pierre se levantaron al instante. La finca era la finca y la finca era el mundo. Las casitas rodeadas de bosque y agua por todas partes. Todo lo demás era territorio desconocido: el cabo como un punto verde luminoso y latente en un mapamundi que, por lo demás, era todo gris. Las palabras de su padre invitando a conocer un sitio nuevo era la promesa de ampliar el mundo conocido. Se prepararon como de cara a una difícil expedición. Papá se calzó las botas altas, que le llegaban por las rodillas, y les ordenó a Benjamin y a Pierre que se pusieran las gorras para protegerse del mosquito jején.

—¿Te vienes, Nils? —preguntó papá.

—No —respondió él.

—Es un sitio secreto —dijo papá—. Un sitio donde los niños se pueden volver ricos.

—No —contestó Nils; se estiró para coger el vaso de leche y se terminó lo que quedaba de un trago—. Estoy cansado.

Bajaron la cuesta, cruzaron el prado. Papá extendió la mano hacia el suelo y dejó que la hierba alta se colara entre sus dedos, cortó una brizna y se la puso entre los dientes. Marcaba el rumbo con seguridad. Benjamin y Pierre le seguían detrás, como absorbidos por su estela, y a veces miraban más allá de la espalda de su padre para ver adónde estaban yendo. Se metieron entre los árboles. La oscuridad los envolvió en el acto.

—¿Aún le tienes miedo al bosque, Benjamin? —preguntó papá.

—No demasiado —respondió él.

—El primer verano que pasamos aquí siempre te ponías a llorar cuando nos metíamos en el bosque —comentó papá—. No sé por qué, no querías contárnoslo.

—No —dijo Benjamin. No sabía explicarlo con palabras, pero la inquietud que le despertaba el bosque llevaba mucho tiempo presente. Era especialmente aguda después de llover, cuando los árboles pesaban y la ciénaga estaba esponjosa, un temor a quedar atrapado en ella, a verse engullido y desaparecer.

—Una cosa te digo, hablando de bosques —siguió papá—. Y es que todo el mundo lleva dentro un bosque que es solo suyo, uno que se saben de memoria y que los hace sentirse a salvo. Y tener tu propio bosque es lo más bonito que hay. Con que te pasees lo suficiente por este bosque, pronto conocerás cada piedra, cada tramo peliagudo, cada abedul partido. Y entonces el bosque será tuyo, te pertenecerá.

Benjamin miró la profunda oscuridad. No la sentía como suya.

—Venga, sigamos —dijo papá—. Pronto habremos llegado.

Pasaron por la presa que controlaba el caudal entre el río y el lago. Ni Benjamin ni Pierre se habían alejado nunca tanto de casa. A partir de ahí, todo era nuevo y estaba sin explorar. Cruzaron una zona pantanosa con grandes piedras que sobresalían del musgo, atravesaron el bosque de coníferas y, de pronto, un claro se abrió ante ellos. Papá apartó una rama y los dejó pasar primero.

—¡Bienvenidos a mi lugar secreto!

Ante ellos se erguía una arboleda muy densa de abedules jóvenes. Delgados, finos, pegados unos a otros, como farolas oxidadas, y detrás de ellos podían ver el lago titilando entre los troncos.

—¿Qué os parece? —dijo papá.

—¡Bonito! —exclamó Benjamin. No quería mostrar su decepción. Solo eran árboles.

—¿Cuántos hay? —preguntó Pierre.

—No lo sé —respondió papá—. Varios centenares.

—Un montón —señaló Pierre sorprendido.

—Tenemos mucha suerte —dijo papá— de que estos árboles estén aquí. Son muy raros. En Suecia hay mucho abedul: abedules llorones, abedules piramidales, abedules Youngii, los hay de todo tipo. Pero estos son abedules plateados, chicos. —Apoyó una mano en uno de los troncos y miró arriba—. El abedul más bonito que hay. No hay nada en el mundo que supere el olor de las ramas de los abedules plateados en la sauna.

Benjamin se acercó y palpó uno de los troncos. Cogió una rama y trató de arrancarla del árbol, pero no cedía.

—Os enseñaré cómo se hace —propuso papá—. Nunca tiréis de la rama, partidla. Y lo más abajo que podáis, porque necesitaréis tener de dónde cogerla para no acercaros demasiado a las piedras calientes cuando vertáis el agua de la sauna.

Benjamin observó cómo su padre iba partiendo una rama tras otra y se hacía un ramo de abedul en la mano izquierda. Parecía tan fácil...

—No os quedéis ahí mirando —dijo papá con una sonrisa—. Echadme una mano.

Se pusieron codo con codo, en un silencio despreocupado. En un momento dado, papá oteó el bosque y murmuró «el cuco» tras oír el canto de un pájaro, pero la mayor parte del tiempo permanecieron los tres en silencio, ocupados con la actividad.

—¿Sabéis por qué se llaman «abedules plateados»? —preguntó papá.

—No.

—Es un nombre extraño, ¿no os parece? No tienen nada que recuerde a la plata. Las hojas son verdes, el tronco es gris. Pero dicen que algo les pasa por las noches.

Se sentó en cuclillas y miró las copas de los abedules.

—Cuando les toca la luz de la luna llena, cambian de color. Si os fijáis bien, veréis que las hojas están hechas de plata.

—¿De verdad? —preguntó Pierre.

—Sí.

Pierre miró a su padre con los ojos como platos.

—Qué va —dijo Benjamin, y se volvió hacia su hermano—. Claro que no es verdad.

Papá soltó una risotada y le revolvió el pelo a Pierre.

—Pero es una historia bastante bonita, ¿a que sí?

Fueron partiendo ramas y juntándolas a medida que el sol se iba poniendo entre los troncos. Pierre se quitó la gorra, ahuyentó al mosquito jején y se rascó frenéticamente toda la cabeza. Papá fue el primero en terminar.

—Algo así —dijo, y miró satisfecho su batidor de sauna—. Necesito batidores de abedul para ponerlos a secar en el porche de la sauna. Así ya los tendremos si alguna vez venimos en invierno, cuando los abedules no tienen hojas. Os daré cinco coronas por cada batidor que hagáis.

Benjamin y Pierre chocaron los cinco, ya concentrados en la misión, dispuestos a trabajar a cambio del dinero.

—Yo volveré a casa a tomarme una copa con mamá —dijo papá—. Venid en cuanto tengáis algo que enseñar. —Y luego desapareció en dirección a la casa.

Benjamin comenzó a partir ramas para juntar el primer batidor de abedul. Trataba de calcular cuánto dinero había en el bote. Diez batidores hacen cincuenta coronas, a dividir entre dos. Y luego reconvirtió el dinero en chicles: a cincuenta céntimos por chicle le darían cincuenta chicles, y si se comía un chicle al día le llegaría para todo lo que quedaba de verano. Había aprendido a administrárselos bien. Una noche, al acostarse, había dejado su chicle mascado en la mesita de noche, y al despertarse por la mañana no había podido resistir el impulso de metérselo en la boca, descubriendo para su gran sorpresa que el chicle había recuperado los sabores. Como un chicle nuevo, más o menos. Era como si hubiese engañado al sistema. Aquel descubrimiento lo cambiaba todo: empezó a reutilizar los chicles, de pronto un chicle le duraba varios días. Pero luego se volvió descuidado, dejaba los chicles en sitios en los que mamá los veía, y entonces ella le prohibió continuar con la actividad.

Ya había terminado su primer batidor de sauna y miró a Pierre, que estaba a su lado con las manos vacías y con el labio inferior tiritando.

—No puedo —dijo—. No consigo partir las ramas.

—No pasa nada. Ya te las parto yo.

—Pero... Entonces ¿a mí también me tocará dinero?

—Sí. Nos lo repartimos.

Benjamin cogió diez ramas más y se las pasó a Pierre.

—Vamos a enseñárselo.

Corrieron en la penumbra con las ramas de abedul en las manos, fueron esquivando los abetos, pasaron junto a la presa y salieron al prado de debajo de la casa, y allí delante, al pie de la escalera de piedra, pudieron ver a mamá y a papá sentados a la mesa, como una pequeña isla incandescente de velas prendidas en el atardecer. Otra botella más de vino en la mesa. Papá había sacado un trozo de embutido. Le dejaron las ramas de abedul en el regazo.

—¡Bravo! —exclamó él.

—Qué maravilla —dijo mamá.

Papá examinó detenidamente los dos batidores, como si estuviera haciendo un control de calidad. Había hecho un montoncito de monedas de cinco en la mesa, Benjamin sintió un escalofrío al ver la columna brillante. Papá cogió una moneda para cada uno y se las entregó a los chicos con gesto solemne.

—¿Vas a ser recolector de abedules de mayor? —preguntó mamá.

—Tal vez —respondió Pierre.

—Tal vez —repitió mamá sonriendo.

La madre estiró los brazos hacia los niños.

—Cariños míos —dijo, y se abrazaron—. Sois tan bonitos cuando hacéis cosas juntos... —Pegó su mejilla fría a la mejilla caliente de Benjamin. Olía a antimosquitos y tabaco. Atrajo las cabezas de los chicos hasta su pecho y les pasó las manos por el pelo, y cuando los soltó estaban aturdidos, como recién levantados, y se quedaron allí de pie algo desconcertados, mirando la sonrisa de su madre.

—El primer trabajo de verano de los chiquillos —comentó papá, y de pronto se le empañaron los ojos. Las velas titilaron en su mirada—. Es tan bonito... —murmuró, y se puso a buscar su pañuelo en el bolsillo.

Mamá le tendió la mano.

—¡Venga, chicos, marchaos! —gritó papá, y los hermanos salieron corriendo—. ¡Id a por más! —los animó, pero para entonces los dos hermanos ya iban por la mitad del prado, corriendo con piernas ligeras en el atardecer estival.

Y ahora iban más rápido, Benjamin partía las ramas y no tenía ni que mirar, las entregaba a ciegas, y allí estaba Pierre para recibirlas y juntarlas, y cuando hubieron hecho dos batidores más deshicieron camino otra vez corriendo, rumbo a la pequeña nave de luz del jardín. Su padre gritó en la distancia:

—¡Lo han vuelto a hacer!

Ellos aceleraron el paso, el tamborileo de los pies de los dos hermanos sobre el sendero terroso que subía al jardín.

—¡Los chicos lo han vuelto a hacer!

Le entregaron los ramos de abedul a su padre y este los inspeccionó. Luego miró a los niños.

—Sois los reyes de los abedules.

Y entonces partieron de nuevo. Estaba oscureciendo deprisa, cada vez costaba más ver el camino por el bosque, las ramas que se fundían con la oscuridad les azotaban la cara. Cuando llegaron, vieron el lago detrás de los abedules como una franja gris platino.

—¿Quieres hacer rebotar piedras? —preguntó Pierre.

Atravesaron la arboleda de abedules en dirección al lago, agarrándose a cada árbol por el que pasaban, haciéndolos sonar como si fueran cascabeles. Buscaron piedras adecuadas en la orilla. Pierre tiró una, y alrededor del punto en el que había caído vieron chapoteos en el agua, peces justo por debajo de la superficie que revelaban su posición antes de sumergirse.

—¡Hola! —le gritó Pierre al lago, y el eco rebotó en los altos abetos de la otra orilla.

—¡Hola, hola! —gritó Benjamin, y Pierre se rio.

—¡Los reyes de los abedules! —chilló este a viva voz, y el bosque lo confirmó, les gritó de vuelta que efectivamente eso eran.

Una leve neblina les impidió seguir viendo la otra orilla. Pierre les propinó una patada a las piedras y se dio una palmada en el brazo en un intento de matar un mosquito.

—¿Todo bien? —preguntó Benjamin.

—Sí —respondió Pierre, y lo miró sin entender.

Benjamin no sabía qué decir, ni siquiera sabía qué pretendía con aquella pregunta.

—¿Seguimos cogiendo ramas? —propuso.

—Sí. ¿Puedes volver a hacerlo por mí?

—Claro.

Y al cabo de poco rato cruzaron de nuevo el

prado corriendo, saludando con las ramas de abedul por encima de sus cabezas. Papá estaba solo a la mesa.

—¿Dónde está mamá?

—Ha ido a hacer pis —respondió papá, y Benjamin buscó con la mirada en la oscuridad de detrás del lilo, el lavabo de mamá cuando le daba pereza entrar en la casa, y allí la vio, en cuclillas, con los pantalones en los tobillos y contemplando el lago—. A ver qué traéis esta vez —dijo, y los chicos le entregaron los batidores—. Son muy bonitos —alabó, inspeccionándolos detenidamente—. Mañana os enseñaré cómo se ata un batidor, porque es importante, hay que atarlos bien, ya que luego se cuelgan fuera de casa y tienen que poder aguantar los vientos del otoño.

—¿Cómo va todo por aquí? —preguntó mamá, que apareció de golpe de entre la vegetación indefinida.

—Los niños han hecho dos batidores más —anunció papá.

—Vaya —dijo mamá, y se sentó en la silla. Se estiró para coger la botella de vino y se llenó la copa. Echó un vistazo a los batidores en el regazo de papá, cogió uno y lo pesó en la mano—. Pero ¿esto qué es? —preguntó. Su voz había cambiado, ahora el tono era severo—. Los batidores son cada vez más pequeños. Mirad este. —Levantó uno para enseñárselo a los niños—. Pero si es la mitad de grande que el primero que habéis traído.

—¿Ah, sí? —contestó Benjamin.

—No te hagas el tonto —respondió su madre—. Sabéis perfectamente lo que estáis haciendo, ¿a que sí?

—¿El qué? —preguntó Benjamin.

—Solo queréis el dinero —soltó—. Estáis intentando hacer trampas.

—*Please* —dijo papá, que usaba el inglés como idioma en clave cuando quería comunicarse en secreto con mamá—. *Calm down.*

—No, no pienso tranquilizarme lo más mínimo —replicó mamá—. ¡Tiene narices la cosa! —Miró a los niños—. ¿Es dinero lo que queréis? —Cogió el montoncito de monedas de cinco, sujetó la mano de Pierre y se lo puso en la palma con un golpe—. *Fine.* Toma. Podéis llevároslo todo. —Se levantó, cogió el tabaco y el mechero—. Me voy a dormir.

—¡Cariño! —le gritó papá mientras ella se metía en la cabaña—. *Come back, please!*

Pierre volvió a dejar rápidamente el dinero donde estaba. Papá se quedó sentado en la silla, con la mirada fija en la mesa. El batidor de abedul estaba en el suelo, entre los pies de los dos hermanos.

—No pretendíamos hacerlo más pequeño, ha sido sin querer —se excusó Benjamin.

—Lo sé —dijo su padre. Se puso de pie y fue soplando las velas una a una, y cuando la oscuridad se hubo cernido sobre la mesa, se plantó de cara al lago con las piernas separadas.

Benjamin y Pierre se quedaron donde estaban, inmóviles.

—Sé lo que podéis hacer para que mamá se ponga contenta otra vez. —Papá se volvió hacia los niños, se sentó de rodillas a su lado, les habló en susurros—. Podéis cogerle unas flores.

Ellos no respondieron.

—Podríais dejarle un ramo de flores delante de la puerta del dormitorio. Se pondría muy contenta.

—Pero ahora está bastante oscuro —dijo Benjamin.

—No hace falta que sea un ramo muy grande. Uno pequeño, para mamá. ¿Lo haréis?

—Sí —murmuró Benjamin.

—Coged botones de oro. A mamá le encantan. Son esas pequeñas y amarillas, ya sabéis.

Los niños siguieron sin moverse del sitio, viendo a su padre juntar con un tenedor los restos de comida de los platos y luego hacer una montaña con la vajilla y los vasos para llevarlos dentro de casa. Miró a sus hijos, sorprendido de que siguieran donde los había visto por última vez.

—Vamos, hijos, id a buscarlas —los apremió en voz baja.

Benjamin y Pierre bajaron al prado. Había botones de oro por todas partes, brillaban como lucecitas mates en la penumbra. La noche de verano era fresca, la hierba ya se había humedecido. Benjamin estaba agachado cogiendo las flores, sin pensar en Pierre. Hasta al cabo de un rato no se percató de que su hermano estaba en cuclillas en mitad del prado, con tres botones de oro, y que estaba llorando en completo silencio. Benjamin fue a abrazarlo, le apretó la cara contra su pecho, notó los temblores del cuerpo de su hermano al rodearlo con los brazos.

—Ve a acostarte —le susurró—. Yo puedo terminar de cogerlas.

—No —contestó Pierre—. Mamá quiere flores de parte de los dos.

—Ya cojo yo por los dos. Decimos que son de parte tuya y mía.

Pierre subió corriendo por la cuesta y Benjamin se agachó de nuevo hacia la hierba mojada para poder ver en la oscuridad, se pegó al suelo y a la tierra y a los bichitos, pudo notar su respiración contra el manto verde. Alzó la cabeza para mirar la cabaña y vio a Pierre meterse en casa, las velas ardiendo allí dentro. Pensó que las dos ventanas que daban al lago parecían ojos. La escalera de piedra eran los dientes, una boca torcida, la casa le estaba haciendo una mueca. Luego miró los enormes abetos y se preguntó cómo se lo vería a él desde allí, desde la perspectiva de las puntas de aquellas copas. La cabaña vista desde el cielo, el viejo tejado, las piedras de la bodega, los groselleros en una simetría que se distinguiría mejor desde las alturas, la hierba como una alfombra desenrollada que bajaba hasta el agua, y un puntito diminuto en el prado, él mismo, haciendo algo inexplicable allí abajo. Y a lo lejos, más allá de la presa y de los miles de abetos, los enormes campos grises y desconocidos. Y Benjamin fue avanzando, dejándose llevar por los botones de oro, se fue desplazando agazapado hasta el borde del prado y luego se vio engullido por el bosque, con la mirada apuntando siempre al suelo. Iba cogiendo las flores sin pensar adónde lo estaban llevando, y de pronto se encontraba de nuevo al pie del denso conjunto de abedules jóvenes en el cabo. La luna llena se abría paso entre los troncos y una brisa llegó volando e hizo que los árboles se agitaran. Benjamin dio un paso atrás, y cuando los árboles se encendieron tuvo que protegerse los ojos para no quedar cegado. La lluvia de destellos cayó sobre todo el cabo, el fuego de plata corrió de forma descontrolada por los árboles.

Capítulo 7
18:00

Benjamin ve la espalda desnuda de Nils en la sauna. El grupo de lunares sigue ahí, como una perdigonada de puntitos marrones entre sus omóplatos. La preocupación constante de Nils por esas marcas durante toda su infancia, siempre se las estaba untando con cremas y protector solar. Y la murga constante de mamá diciéndole que no se los rascara. Cuando Nils se sentaba a leer en la playa o se tumbaba bocabajo a tomar el sol, Pierre y Benjamin solían acercarse a él a hurtadillas por detrás y rascarle fuerte en la espalda, y él se ponía como loco, comenzaba a repartir puñetazos a diestro y siniestro como un poseso.

Es la primera vez que ve desnudos a sus hermanos desde que eran pequeños. Pierre se ha afeitado todo el vello púbico. No tiene ni un solo pelo. Benjamin lo ha visto en pelis porno, pero así, en la vida real, la falta de pelo se vuelve tangible. Se mira su propio pene, una cosa inerte, un muñoncito marrón de piel que parece haberse dormido en el pelo que lo rodea. Pero el pene de Pierre está ahí tumbado, palpitando en el banco de la sauna, como si tuviera vida propia, una pequeña conciencia pegajosa. A lo mejor Pierre se percata de que Benjamin lo está mirando, porque después de un rato en la sauna se pasa la toalla por la cintura.

—No sabía que tuvieras tantos tatuajes —le dice Benjamin a su hermano—. Hay algunos que no había visto.

—¿Ah, no? Estaba pensando en quitarme algunos.

—¿Cuáles?

—Este, por ejemplo. —Señala el dibujo de un puño acompañado del texto *«Save the people of Borneo»*.

—¿Qué problema tiene la gente de Borneo? —pregunta.

—Ninguno —contesta Pierre—. Por eso me pareció divertido.

Benjamin suelta una carcajada. Nils niega con la cabeza en silencio, se mira los pies en el banco inferior.

—Una vez, de borrachera, le pedí al tatuador que me hiciera una flecha apuntando a la polla y el texto *«It's not gonna suck itself»*.

Los tres hermanos se ríen, al compás, tres cloqueos que se funden. Nils echa un vistazo al termómetro en la pared y murmura:

—Noventa grados.

—Tengo que hacer una pausa —dice Benjamin, y sale.

Se queda de pie en el porche de la sauna. En la pared hay seis batidores de abedul en fila. Benja-

min se apoya en la pared de madera descascarilla-
da y contempla la hilera. Estira la mano hacia el
sexto ramo, el que es un poco más pequeño que los
demás, y desliza con cuidado la palma por las hojas secas y afiladas.

Nils sale de la sauna.

—¡Venga, vamos a bañarnos! —grita, y baja
corriendo del pequeño porche, trastabilla al pisar
algo afilado y luego se detiene en la orilla, y al verlo allí titubeando, Benjamin piensa en Nils de pequeño, en aquellos días de verano en los que papá
le gritaba cada vez más alterado desde arriba, ex-
hortándole a que se bañara, que el agua estaba muy
buena, diciéndole que a qué estaba esperando, y la
voz de su padre se iba tornando cada vez más estridente, al poco rato enloquecía por la frustración de
que el niño no se metiera y punto, y al final Nils se
cabreaba y se marchaba de allí, sin bañarse.

Pierre abre la puerta de la sauna de un empujón, emerge del calor vaporoso y baja a la orilla. Se
mete en el agua con las manos estiradas, espeta un
«hostias» al clavarse una piedra, está a punto de
caerse. Y luego se impulsa, se aleja nadando a crol.
Al verlo parece una actividad deliciosa, brazadas
lentas lago adentro. Benjamin baja también y se
pone al lado de Nils. El nivel del agua es bastante
bajo, deben de haber abierto la presa hace poco.
Entre las piedras mojadas ve una pequeña perca
tumbada de lado en la gravilla, se habrá quedado
atrapada al retirarse el agua. Se agacha y coge al
pez por la aleta.

—Mira —dice.

Lo deja con cuidado en el agua y ve que el animal rota sobre sí mismo hasta quedar bocabajo. Se mece con el movimiento del agua, la barriga blanca rozando la superficie. Benjamin le da un empujoncito con el dedo en un intento de ponerlo bien, y el pez se queda un momento de lado, sus branquias se mueven, no está muerto, pero no tiene fuerzas para recuperar el equilibrio y termina de nuevo bocabajo. Ya de pequeño lo sentía, el temor a los peces. Le gustaba pescar, pero odiaba que picaran. Era por algo en los tirones irregulares que daba el pez cuando se metía el cebo en la boca. El saber que había algo vivo en el otro extremo del hilo, algo con conciencia. Y cuando el pez aparecía en la superficie, pegando coletazos que generaban espuma, luchando por su vida, Benjamin sentía algo parecido a un asco existencial. Papá le echaba una mano para matar al pez y eviscerarlo. Siempre el mismo terror cuando papá colocaba el pez en el banco de madera y le hundía un cuchillo en la nuca.

—Solo son reflejos, pequeño —decía cuando el animal se agitaba en su mano y, como no paraba de moverse, su padre tenía que clavarle todavía más el cuchillo, más hondo, al mismo tiempo que informaba a los niños—: No nota nada. Ya está muerto.

En un par de ocasiones los peces estuvieron tanto rato coleteando que incluso papá se puso intranquilo, miraba de un lado a otro sin saber muy bien qué debía hacer.

La delgada línea que separaba la barbarie de la delicadeza en su labor con los peces. La brutalidad de su gesto al arrancarles las vísceras y lanzarlas al lago, y luego la delicadeza con la que, bajo un silencio expectante de sus hijos, retiraba la vesícula biliar, que podía envenenar todo el pescado si se rompía.

Benjamin está en cuclillas en la orilla del agua, vuelve a empujar el pez. Y luego una vez más.

—Vamos, pececito —susurra—. Lucharé por ti.

Ahora el animal está erguido, sigue sensible al vaivén del agua, pero lo consigue, permanece quieto, un ratito. Se reubica en el lago. Y de repente echa a nadar y desaparece.

Benjamin mira a su hermano.

—Bueno —dice—. Pues habrá que hacerlo y punto.

—Supongo que sí —responde Nils.

Y entonces empiezan a nadar, codo con codo, como dos señores, unos cuantos chapoteos con los pies y luego se incorporan, se quedan los tres uno al lado del otro. El agua está tan caliente que pueden quedarse un rato, demorarse sin verse afligidos.

—¿Volvemos a la sauna? —propone Nils.

—Estupendo —dice Pierre—. Solo déjame aliviar el intestino en el agua.

—Joder, tío —murmura Nils, y empieza a vadear de vuelta a la costa.

Pierre se ríe en voz alta.

—¡Pero que es broma, hombre!

Se apretujan de nuevo en la sauna, miran por la ventanita que da al agua.

—¿No fue por aquí donde enterramos la cápsula del tiempo? —pregunta Pierre.

Benjamin se pone de pie y echa un vistazo fuera.

—Sí. Junto al árbol, me parece.

Recuerda la vieja panera de chapa que les había dado su padre, y que Pierre y él llenaron de artefactos para luego enterrarla en la tierra. Era un proyecto científico que consistía en conservar información importante sobre cómo vivían las personas en el siglo xx para que pudiera usarse en el mundo del mañana.

—Tenemos que encontrarla —dice Pierre.

—Será difícil —responde Benjamin.

—¿Por...? Solo hay que cavar, ¿no?

—Pero no sabemos exactamente dónde la enterramos.

—Calla —suelta Pierre—. ¡La voy a encontrar!

Sale corriendo de la sauna y los hermanos lo ven llegar al pequeño llano que hay delante de la ventana. Se deja caer de rodillas junto al árbol y empieza a escarbar como un poseso con las manos. Consigue levantar un poco de tierra, la echa a un lado y sigue probando, pero no funciona, se ve claramente: intenta cavar, pero apenas logra superar la primera capa de tierra. Se queda un rato de rodillas pensativo. Luego se levanta y se va corriendo en dirección al granero.

—¿Qué está haciendo? —dice Nils.

—Está enfermo —responde Benjamin.

Nils se estira hacia el cubo y vierte agua sobre las piedras, y el generador de vapor suelta un suspiro iracundo. Benjamin ve cómo se le forman unas perlas de agua en el pecho.

—¿Cómo te sientes estando de nuevo aquí? —pregunta Nils.

—No lo sé —contesta su hermano—. Es como si una parte de mí me estuviera diciendo que he vuelto a casa. Y otra me está pidiendo a gritos que salga de aquí.

Nils se ríe.

—Yo igual.

—Es raro volver a ver este sitio —comenta Benjamin—. He vuelto tantas veces, en mi mente... Reviviendo todo lo que pasó, una y otra vez. Y ahora... —Mira por la ventanita—. Fue muy raro, eso es todo.

—Benjamin —dice Nils—. Lo siento mucho, por todo.

Ambos levantan un momento la cabeza para mirarse y luego la dejan caer de nuevo rápidamente. Nils vierte más agua sobre las piedras, que sueltan un bufido con el que parecen hacerlos callar, como si les pidieran que guarden silencio.

Pierre vuelve a aparecer al otro lado de la ventana, con zuecos en los pies y una pala en la mano. Mira hacia la sauna y hace grandes aspavientos con los brazos por encima de su cabeza. Hunde la pala en el suelo con tanta fuerza que el pene afeitado pega un brinco y se posa en su muslo. Y se pone a cavar. Está sudando y su determinación es firme, con cada empujón que da con el pie sobre el canto de la pala emite un sonido, que no duda en ampliar hasta convertirlo en sonoros gemidos.

—Nunca la encontrará —murmura Benjamin.

El sonido de la pala chocando con algo se oye hasta en la sauna. Benjamin y Nils se asoman a la ventana para mirar. Pierre se arroja al suelo y empieza a cavar con las manos. Saca algo del hoyo y Benjamin la reconoce al instante. Está recubierta de tierra, pero en algunas partes puede ver reflejos metálicos de chapa oxidada: es la panera. Pierre se pone de pie con las piernas separadas, levanta la caja por encima de la cabeza y suelta un grito como el de un salvaje que ha descubierto el fuego. Benjamin y Nils salen corriendo. Pierre deja la panera en la mesita que hay delante de la sauna y los tres hermanos se juntan a su alrededor.

—¿Estáis preparados? —dice—. Porque estamos a punto de visitarnos a nosotros mismos de niños.

Abre la caja. Arriba del todo hay un ejemplar del periódico. Ocupando toda la primera plana: «La OTAN bombardea Sarajevo». Debajo hay un sobrecito. Benjamin lo abre y primero se piensa que está vacío, pero entonces ve que hay algo en el fondo. Vacía el contenido del sobre en la mesa, parecen medias lunas en miniatura hechas de plástico. Al principio Benjamin no entiende lo que es.

—Madre mía —dice luego.

—¿Qué es eso? —pregunta Nils.

Benjamin se inclina hacia delante, toquetea el montoncito de cositas amarillentas que tiene delante.

—Son nuestras uñas.

—¿Cómo?

—Nos cortamos las uñas —dice—. ¿Te acuerdas, Pierre?

Este asiente con la cabeza, se inclina sobre la mesa. Remueve con el dedo entre las uñas de infante.

—Tú te cortaste las de la mano izquierda y yo las de la derecha. Diez uñas, para que el futuro pudiera ver quiénes éramos.

Benjamin intenta colocar las diez uñas en el orden correcto, con las dos más anchas, las que corresponden a los pulgares, en el centro, y las otras cuatro a sendos lados. Pone la mano justo debajo de las uñitas, le viene la imagen de su propio contorno de pequeño.

Pierre saca un billete de diez coronas de la caja.

—Mira esto —dice.

—Se lo birlé a mamá —responde Benjamin.

—Ya me acuerdo —dice Nils—. Estábamos mirando por la ventana y vimos que mamá te pilló.

Benjamin intercambia la mirada con sus hermanos un instante. Deja el billete a un lado. En el fondo de la caja hay un ramillete de botones de oro, deliciosamente secado y conservado. Las hojitas amarillas brillan con el sol del atardecer. Se lo entrega a Pierre. Él lo coge con cuidado, lo contempla. Luego aparta la vista, se tapa los ojos con la mano.

—¿Hacemos un nuevo intento de darle este ramo a mamá? —dice Benjamin.

Se secan de cualquier manera, se ponen los trajes sobre los cuerpos aún mojados. Cruzan el prado en fila y llegan al agua.

Benjamin está delante del lago con un ramo de botones de oro secos en la mano. Al lado tiene a sus hermanos. Nils lleva la urna. Le pesa, tiene que cambiarla de mano todo el rato, con una expresión cada vez más perpleja en la cara, como si el peso de su madre lo hubiese pillado desprevenido.

Capítulo 8
La bodega

—Pero qué asco, joder —dijo Nils al pasar junto a sus dos hermanos—. No puedo verlo.

—¿Qué hacéis? —preguntó papá, que estaba sentado al lado leyendo el periódico.

—¡Nos estamos cortando las uñas! —exclamó Pierre—. Vamos a juntarlas y a meterlas en una cápsula del tiempo.

—¿Por qué queréis poner uñas en una cápsula del tiempo?

—Imagínate que dentro de mil años los humanos tienen una forma totalmente diferente. Así verán cómo eran nuestras uñas.

—Qué listos —dijo papá.

Era temprano por la mañana, el sol estaba bajo y relucía en un ángulo extraño; aún había rocío en la hierba, en los cuencos del desayuno había copos de cereales flotando hinchados en la leche tibia. La brisa era más fresca de lo que solía ser a esa hora, cada vez que llegaba un soplo un poco más fuerte papá aguantaba los periódicos y alzaba la cabeza para ver qué estaba pasando. Tomaba café de una taza que dejaba aros oscuros cuando la apoyaba en el diario; a veces se levantaba y se metía en la cocina, donde se cortaba rebanadas gruesas de pan y las untaba con tanta mantequilla que se le quedaba la dentadura marcada cada vez que daba un bocado. Benjamin y Pierre iban en sus pijamas desgastados, estaban concentrados cortándose las uñas, las iban reuniendo en un montoncito en la mesa del jardín. Cuando terminaron las metieron en un sobre que luego guardaron en la caja metálica que papá les había dado. El primer artefacto estaba asegurado.

—Papá, ¿podemos coger el periódico de hoy y meterlo en la cápsula del tiempo?

—Por supuesto —respondió su padre—. En cuanto lo haya terminado de leer.

Benjamin observó a su padre. Se estaba comiendo dos huevos, y el niño cruzó los dedos para que le diera tiempo de terminárselos antes de que su madre se despertara, porque detestaba ver a papá comiendo huevos.

—¿Tienes dinero? —preguntó Benjamin—. También me gustaría meter un billete.

—¿No os vale una de las monedas de cinco que ganasteis ayer?

—Tiene que ser un billete, porque tengo que poder escribir un saludo.

Papá se palpó los bolsillos, se puso de pie y se fue al recibidor para mirar en la cartera.

—¡No tengo dinero! —gritó—. Tendréis que preguntarle a mamá cuando se despierte.

—¿Y ahora qué hacemos? —preguntó Pierre, siempre ansioso.

—Podéis buscar otras cosas que incluir en la lata —propuso papá.

—No hay otras cosas —respondió Pierre.

—Pues jugad un poco con Molly —contestó papá.

Pero eso nunca era una opción real para Pierre, ni para ningún miembro de la familia, a decir verdad. Molly no era juguetona. Era intranquila, delicada y asustadiza. El primer verano que la tuvieron todos pensaron que ya se le pasaría, que necesitaba tiempo para acostumbrarse, pero al final habían entendido que era así. Era como si le tuviera miedo al mundo, nunca quería correr libre, prefería que la llevaran en brazos. Se apartaba de papá si este se acercaba, siempre guardaba las distancias con él, pese a sus ávidos intentos de demostrarle amor. Ni Nils ni Pierre sentían demasiado interés por ella, y puede que la perra generara cierto grado de celos entre los hermanos, en tanto que a veces parecía que mamá era más tierna con el animal que con ellos. El amor de mamá por Molly era intenso pero periódico, lo cual inquietaba a la perra aún más. A veces mamá quería a Molly para sí sola y se negaba a compartirla, y otras adoptaba una actitud más bien fría con ella. En ocasiones Benjamin podía encontrarse a Molly prácticamente abandonada, olvidada, como consecuencia del desinterés de Pierre y Nils, la resignación de papá y la frialdad repentina de mamá.

Benjamin se sentía en comunión con ella. Se buscaban el uno a la otra, y aquel verano, durante las largas horas de la tarde en las que mamá y papá dormían la siesta, fueron construyendo su relación. Benjamin la fue haciendo suya a escondidas. Daban pequeños paseos por el bosque. Se hacían compañía.

—Jugad un poco con Molly —dijo papá.

—Pero si ella no quiere jugar con nosotros —replicó Pierre.

—Claro que sí —repuso papá—. Solo hay que darle tiempo.

Pierre se fue al granero, donde tenía sus cómics, y Benjamin se acercó a la perra y la cogió en brazos. Se metió en la cocina y se sentó a la mesa pegado a la ventana, con Molly en el regazo. La realidad de fuera parecía cambiar cuando la miraba a través del viejo cristal, la vegetación se ondulaba si acercaba o apartaba la cabeza. Vio a su padre alejarse por el sendero que llevaba al viejo granero. En la orilla del lago vio la pelambrera de Nils en el lugar de la playa donde solía sentarse cuando le apetecía leer a solas. Y justo encima de Benjamin estaba su madre, durmiendo. Este se sabía todos y cada uno de los pasos que daba al despertarse, sabía a qué le tenía que prestar atención. El primer apoyo suave de los pies descalzos en el suelo del dormitorio, y poco después el sonido que recordaba a un latigazo cuando su madre enrollaba el estor, que azotaba las sujeciones. Una ventana se abría y luego caía la lluvia dorada por delante del cristal de la cocina, cuando su madre vaciaba el orinal que usaba si de noche no tenía ánimos de bajar a hacer pis al lavabo. El chirrido de la puerta del dormitorio al abrirse, los pasos repentinos y ágiles por la escalera, y entonces aparecía en la cocina. Benjamin valoró los riesgos y las consecuencias de si alguien lo pillaba, pero había tantas señales, tanto tiempo para reaccionar y salir indemne... Se levantó y se fue a hurtadillas al recibidor, donde el bolso de su madre estaba colgado de un gancho. Buscó el monedero, echó un vistazo en el interior del universo de los adultos: muchas tarjetas bancarias diferentes en los pequeños separadores, recibos y tickets de aparcamiento que delataban una vida rica, pistas de las grandes cosas en las que ella participaba cuando dejaba a la familia y se iba al trabajo. En la cartera había billetes de cien, de cincuenta y de diez. Allí había cantidades ingentes de dinero. Benjamin sacó diez coronas con cuidado, pellizcando el billete con el pulgar y el índice. Se estiró de nuevo hacia el bolso para volver a guardar el monedero.

—¿Qué estás haciendo?

Mamá estaba en mitad de la escalera, mirándolo. La bata abierta, el pelo revuelto, marcas de la almohada en la mejilla. Benjamin no se lo podía creer, era imposible. ¿Cómo podía estar allí, así, de repente, sin el menor preaviso? Era como si el día antes no se hubiese llegado a acostar, como si se hubiese pasado la noche en la escalera, sentada a oscuras, esperando en silencio hasta el amanecer, a que llegara ese momento.

—Contéstame, Benjamin. ¿Qué estás haciendo?

—Quería coger prestado un billete de diez para la cápsula del tiempo, pero tú estabas durmiendo y... —Se quedó callado.

Su madre terminó de bajar la escalera, le quitó a Molly de los brazos, la puso con cuidado en el suelo, dejó que la perra se fuera corriendo antes de volverse hacia Benjamin. Lo estuvo mirando un rato sin decir nada. Una rápida mueca dejó sus dientes al descubierto.

—¡No se roba! —gritó.

—Perdón, mamá —dijo—. Perdón.

—Dame eso.

Él le entregó el billete.

—Ahora vamos a sentarnos un rato aquí.

Se dejó caer en el banco del recibidor y Benjamin se colocó a su lado. Dos figuras aparecieron de pronto al otro lado de la ventana; eran sus hermanos, que habían oído el grito de su madre y se habían acercado para ver qué pasaba. Tenían la nariz pegada al cristal, Benjamin se encontró con sus miradas. Echó un vistazo a la puerta, cruzando los dedos para que su padre volviera; sabía que era peligroso cuando mamá estaba enfadada y lo tenía para sí sola.

—Cuando tenía diez años, o puede que nueve... —empezó ella. Levantó los ojos al techo, buscando con la mirada, y después soltó una pequeña risotada, como si le hubiese venido a la cabeza un detalle gracioso de la historia que estaba a punto de contar—. Tenía nueve. Un día le robé una corona a mi padre, se la saqué del bolsillo del abrigo. Luego me monté en la bici y me fui a toda castaña a la tienda, donde estaba decidida a comprarme una piruleta. Pero a mitad de camino, más o menos, frené y paré la bici, llena de angustia. «¿Qué he hecho?», pensé. Y me quedé allí un buen rato sintiéndome culpable. Entonces di la vuelta con la bici y regresé lo más rápido que pude, y cuando llegué a casa fui de puntillas hasta el abrigo y volví a dejar la moneda en el bolsillo.

Benjamin miró a su madre en el silencio que se hizo. La historia había terminado, no cabía duda, pero él no acababa de entender. No había ninguna moraleja, solo era un recuerdo difuso, desconcertante. ¿Qué quería decir su madre con aquello? ¿Quería que devolviera el billete a la cartera?

—Pero esto... —Levantó las diez coronas en alto—. Robar dinero. Esto no se hace, punto pelota.

—Lo siento.

—¿Por qué lo has hecho?

—Porque sabía que tú no me darías el dinero.

Ella se lo quedó mirando.

—Ve a sentarte en la bodega y piensa un rato en lo que has hecho —dijo.

—¿En la bodega?

Eso era un castigo nuevo. Hasta la fecha siempre lo habían mandado a la sauna, cuando no estaba encendida. Y allí tenía que sentarse en el banco superior, solo, sin poder recibir visitas, a reflexio-

nar sobre sus errores. La educación que les brinda-
ba su madre era severa y autoritaria, y al mismo
tiempo imprevisible. Su madre era dura pero im-
precisa. Benjamin nunca tenía claro cuándo llevaba el rato suficiente en la sauna, cuándo se le permitía salir. Tenía que descubrirlo él mismo, lo cual
implicaba que luego se paseaba con un sentimiento constante de remordimientos por haber abandonado, quizá, el arresto de la sauna demasiado
pronto. Pero la bodega era otra cosa. Odiaba entrar en aquella oscuridad fría y húmeda. Las veces
que su padre le pedía que fuera a buscarle una cerveza allí dentro, Benjamin se encargaba de dejar
abiertas tanto la puerta exterior como la interior, y
después se preparaba, entraba corriendo en la oscuridad y salía casi al instante.

—¿Puedo dejar las puertas abiertas? —preguntó.

—Sí, está bien —respondió su madre.

Se levantó en el acto y salió, Pierre y Nils apar-
taron los ojos cuando pasó por su lado. Benjamin
se detuvo delante de la puerta de la bodega, cogió
el asa de la madera ennegrecida, echó un vistazo a
la pared de árboles que se erguía por encima. Miró
atrás y advirtió a su madre vigilándolo desde una
de las sillas del jardín. La vio sacar un cigarrillo y
asomarse debajo de la mesa para prenderle fuego
al resguardo del viento. Benjamin entró en la ne-
grura. Lo recibió un golpe de frío. Olor a tierra.
Cuando sus ojos se hubieron acostumbrado, pudo
distinguir el contorno de la estancia. Junto a una

de las paredes había un pack de seis cervezas y un cartón de *filmjölk*, la leche fermentada que solían desayunar. Algunos escombros de veranos pasados, una bolsa de plástico y la caja de una tarta que compraron hacía mucho tiempo para el cumpleaños de mamá. En el centro de la bodega había una caja de cervezas vacía a la que Benjamin le dio la vuelta para usarla de asiento. Se miró los pies descalzos sobre el suelo arenoso. Vio cómo se le erizaba el vello de los muslos. Se arrepentía de no haberse puesto una chaqueta, porque en breve empezaría a tener frío. Por el pequeño hueco de la puerta podía ver el verano de fuera. Veía los arbustos de frambuesas y un trozo del campo de fútbol, la fachada trasera de la sauna, donde colgaban las redes. Divisó a la perra acercándose por la hierba alta; iba olisqueando el suelo hasta que llegó a la bodega, se detuvo en la entrada y echó un vistazo dentro.

—Molly, ven —susurró Benjamin.

La perra dio un paso en la oscuridad, intentó ubicarlo con la mirada.

—¡Molly! —gritó su madre desde el jardín—. ¡Ven aquí!

Molly miró hacia atrás y luego otra vez a Benjamin.

—¡Cosita bonita! —la llamó su madre—. Ven, vamos a comer algo.

La perra se fue corriendo y desapareció.

Benjamin vio un fuerte soplo de viento cruzando la finca, atravesando las copas de los árboles junto al agua y subiendo en dirección a la casa, y cuando la ráfaga alcanzó la bodega la puerta se cerró de un bandazo. Benjamin se quedó a oscuras. Soltó un grito y se levantó, empezó a caminar con las manos por delante, avanzó a trompicones hasta que notó una pared con las yemas de los dedos. Pensó que, si la seguía, enseguida llegaría a la puerta, así que se fue desplazando mientras iba palpando la superficie, pero tenía la sensación de estar adentrándose cada vez más en las tinieblas y comenzó a temer no ser capaz de encontrar el camino de vuelta. Pero al final notó un contorno de madera, soltó una patada frenética y la puerta se abrió de golpe. Había decidido no llorar, pero ya no pudo controlarse más. Quería salir, por mucho que supiera que su madre lo mandaría de vuelta a la bodega. Y luego esa sensación de que dejaba de tocar el suelo, de que su cuerpo empezaba a levitar. Le pasaba cada vez más a menudo, sin que nunca pudiera predecir cuándo. En las clases de música, cuando tocaban la batería y el profesor les enseñaba cómo se tocaba más y más flojo en un plato, había algo en aquel sonido que se iba apagando, que se le escurría, una amenaza de que el silencio fuera a suponer el final de Benjamin, de alguna manera, y él gritaba descontroladamente en medio de la clase, volvía en sí y estaba en otro lugar y tenía las caras de sus padres examinándolo de cerca desde arriba.

Miró por la abertura para aferrarse a las cosas que sabía que había allí fuera. Y quizá fuera su estado de ánimo, o las lágrimas, o puede que la oscuridad total de allí dentro y la luz total de fuera lo que hizo transformarse los colores, tornándolos cada vez más claros. Como si Benjamin estuviera sentado en un cine con las luces apagadas viendo una vieja película que se proyectaba en la rendija de la puerta del sótano. El poste eléctrico gris se emblanqueció ante sus ojos. El agua se oscureció, adquiriendo el tono azulado de los cuervos. El césped refulgía y ardía. Y allí estaba su padre, regresando del granero, envuelto en un aura brillante; era como un ser de fantasía, una figura fosforescente que pasaba caminando. Su padre vio la puerta abierta de la bodega.

—Cojones, ¿qué he dicho de esa puerta? —soltó, y puso rumbo a ella—. Tiene que estar siempre cerrada.

—No, no la cierres —dijo mamá tranquilamente desde su silla.

—¿Por qué no? —quiso saber papá.

—Benjamin está ahí dentro.

—¿Qué quieres decir?

Mamá no dijo nada. Benjamin vio a su padre mirar atónito al interior de la bodega y luego de nuevo a su madre.

—¿Qué está haciendo ahí?

—Me ha robado dinero.

—¿Te ha robado dinero?

—Sí. Así que ahora le toca estarse un rato allí metido.

Su padre dio un paso en dirección a la bodega, se quedó justo delante. Entornó los ojos en un intento de ver algo del interior. Estaba a apenas tres metros de Benjamin pero sin lograr distinguirlo.

En cambio, este estaba sentado en la caja de cervezas viendo claramente a su padre con todos sus colores y líneas, lo veía iluminar todo el hueco de la puerta, una figura enorme rodeada de oro y resplandores maravillosos. Su padre se quitó el gorro de marinero, se rascó la cabeza y se quedó un rato pensando delante de la puerta. Miró a mamá, y luego otra vez a la oscuridad. Después se retiró.

Benjamin no sabe cuánto rato estuvo allí dentro. ¿Una hora? ¿Dos? Podía ver el sol moviéndose en el exterior, lanzando nuevas sombras, vio las nubes llegar y marcharse. En el silencio y la oscuridad lo oía y lo percibía todo, con superoído, oía el viento golpeando las ventanas, oía la bomba de agua cuando alguien tiraba de la cadena, oía las golondrinas raspando madera, y cuando su madre al fin se acercó a la puerta de la bodega y le dijo que ya podía salir, a Benjamin le dolían los oídos, le pitaban de tantos sonidos.

Benjamin fue al granero, donde Pierre estaba en el suelo leyendo sus cómics. Pierre alzó la cabeza para mirarlo.

—Hola —dijo—. ¿Ya has salido? ¿Terminamos de hacer la cápsula del tiempo?

Benjamin asintió en silencio.

Los hermanos pasaron por el jardín, donde su madre se había vuelto a sentar con su periódico.

—Eso os lo podéis quedar —dijo ella señalando, sin mirar, el ramo de botones de oro que estaba en un vaso sucio con agua encima de la mesa.

Benjamin cogió las flores y la panera y bajaron

al lago. Se sentaron de rodillas al lado de la sauna y cavaron un hoyo para la cápsula del tiempo. Su padre acababa de plantar un árbol al lado de la sauna, así que la tierra estaba removida y era fácil de trabajar. Pierre participó un rato, pero se cansó al ver que la cosa se alargaba y se puso a tirar piedras al interior del cobertizo de la barca, que estaba un poco más allá. Benjamin quería cavar muy hondo, para que nadie encontrara la cápsula por equivocación antes de lo previsto. Se secó el sudor de la frente, y vio a su padre bajando por el sendero. Hizo como que no lo había visto y siguió cavando. Notó la presencia de su padre mientras este lo observaba.

—¿Cómo estás, muchacho?

Benjamin no contestó, siguió clavando su palita jardinera en la tierra, haciendo más profundo el agujero.

—¿Estás cavando? —preguntó su padre.

—Sí.

—Tengo una cosa que puedes meter en la cápsula del tiempo.

Benjamin levantó la cabeza. Su padre le pasó el billete de diez coronas.

—Pero es el dinero de mamá.

—No hay por qué decirle nada.

Su padre se puso en cuclillas. Benjamin abrió la panera y metió el billete. Luego taparon el hoyo.

Capítulo 9
16:00

Caminan en fila por el bosque, dando pasos pesados mientras cruzan los claros por donde corrían de pequeños. Aminoran la marcha del descenso el último tramo que baja por la montaña, se sujetan a los troncos para controlar la aceleración y salen precipitados al intenso sol del sendero que conecta la cabaña con el granero. Se sientan a la mesita al pie de la casa. Pierre se va un momento al coche a buscar algo y vuelve con unas latas de cerveza.

—El coche apesta a carne picada —dice—. ¿Quién coño ha traído carne picada?

—Son las empanadillas del congelador de mamá, que se han descongelado —contesta Nils—. ¿Te apetece una?

Pierre se ríe, no responde, reprime una mueca. La cerveza está caliente y se abre con un suspiro y soltando espuma, y los hermanos beben en silencio y otean el mar. Llaman a Benjamin al teléfono, número desconocido, él lo silencia y deja que suene. Vuelven a llamar. Lo silencia de nuevo.

—¿No lo coges? —pregunta Nils.

—Ni de broma —murmura Benjamin.

Le llega un mensaje de texto. Primero Benjamin lo lee para él y luego se lo lee en voz alta a sus hermanos:

—«Hola, soy Johan Dahlberg, forense. Soy quien ha abierto a vuestra madre. Si queréis saber un poco más de las causas de su muerte, puedes llamarme».

—No, gracias —dice Pierre—. No queremos saber.

—¿Qué dices? —replica Nils—. Claro que vamos a llamar.

Benjamin se abre de brazos, que decidan ellos dos lo que quieren hacer.

—Llama —pide Nils.

Marca el número y deja el teléfono en la mesa entre los tres. Dice su nombre y enseguida oyen que los sonidos de fondo se apagan cuando la persona del otro lado desactiva el manos libres y se lleva el teléfono a la oreja, y luego una voz diciendo «sí, qué bien»: la satisfacción de que le hayan devuelto la llamada.

—Sí —dice el forense—. Dado que las circunstancias alrededor de la muerte de tu madre eran un poco... bueno, cómo decirlo...

Benjamin oye un estruendo apagado de fondo, como si el hombre estuviera vaciando un lavavajillas mientras habla.

—Digamos que había cosas que no estaban del todo claras.

—Sí, eso nos pareció entender —contesta Benjamin.

—Exacto —dice el forense en tono ausente, y se queda callado. Benjamin lo oye pasar hojas—. Espera un segundo.

«Abrir.» ¿Cómo se puede siquiera hablar así de otra persona? Se imagina a su madre abierta en canal. Yace en una camilla esterilizada en la planta menos tres del hospital, rodeada de frío y soledad. Su barriga es como una rosa de piel, y escondido en algún punto del contenido viscoso de su cuerpo reside el secreto del enigma, que el forense va anotando en un papel mientras se inclina sobre ella, información que luego habrá de compartir con los parientes más allegados, hijos que quieren saber lo que ha pasado, por qué ha ido todo tan rápido, cómo es siquiera posible que un día una persona esté haciendo planes para bajar al Mediterráneo y al siguiente muera retorciéndose de dolor.

—Lo que nos desconcertaba era que la dolencia evolucionara tan rápidamente. Por eso decidimos, casi justo después del momento de su muerte, echar un vistazo para ver qué había pasado.

—¿Y qué habéis encontrado?

—Tu madre tenía un tumor en la glándula tiroides desde hacía tiempo, ¿lo sabías?

—Sí —respondió Benjamin.

—También tenía peritonitis. Hemos encontrado una perforación en la pared del estómago, o sea, los ácidos gástricos se han colado por ahí, provocando una inflamación que afectaba a una parte cada vez mayor del abdomen. Por desgracia, resulta muy doloroso.

Los hermanos se miran sentados a la mesa. Porque ellos estaban ahí, saben cómo era ese dolor, lo vieron traducido en el rostro de su madre durante sus últimas horas de vida, primero como una curvatura en las cejas y en los labios cerrados y apretados. Luego empeoró. Comenzó a gimotear y a sollozar, agarraba al personal sanitario y les soltaba puras groserías. Pulsaba el botón y alguien de enfermería se presentaba en la puerta. Cuando ella decía que le dolía la barriga, el enfermero o la enfermera de turno le preguntaba si quería un antiácido.

—¿Un antiácido? —repetía su madre—. ¿Te crees que tengo acidez? —Miraba a la otra persona boquiabierta, con un desprecio fulminante en los ojos—. ¡El estómago me está ardiendo por dentro! ¿No lo entendéis? ¡Me arde como un fuego! —Pese a que en aquel momento su madre estaba empequeñecida e indefensa, Benjamin sintió el pánico al oírla desgañitarse en falsete, ese chillido tan familiar de su infancia, de cuando estallaba en cólera.

Se pasó varias horas gritando.

Luego se quedó callada.

Todavía despierta, con la mirada fija en la pared de enfrente de la cama, pero ya sin decir ni media palabra. Sus hijos trataban de comunicarse con ella, le hacían señales delante de los ojos, la llamaban por su nombre. Pero ella ya no quería hablar. Era como si se estuviera negando a vivir, en protesta contra su dolor.

Y entonces le pasó eso de la cara. Debía de tener la boca seca, el labio superior se le había pegado a la encía. Su rostro se paralizó en una mueca, los dientes incisivos formando una sonrisa atormentada que ahora le viene a Benjamin a la mente varias veces al día. Aquel silencio era tan impropio de ella... Su madre vivía en la rabia, pero las últimas dos horas permaneció completamente callada. Estaba allí tumbada en la cama sin moverse, en una esquina de la habitación, y la hilera de dientes brillaba con la luz del mediodía. Alguno de los hermanos le preguntó a un médico si estaba despierta, si podía oírlos. Como tenía los ojos abiertos... No, los médicos no podían decirlo con seguridad.

Por fin los cerró. Entró más y más gente en la habitación —a medida que su estado fue empeorando— y luego cada vez menos, cuando concluyeron que no había nada que hacer. Le aumentaron la dosis de morfina para que el último rato no le resultara tan doloroso, y puede que el final se le hiciera más fácil, pero nadie lo sabía, porque la mueca siguió presente en su rostro hasta que se la llevaron a la capilla, y cuando ahora el forense les cuenta el dolor que debió de sentir su madre, la imagen que le viene a Benjamin a la cabeza es esa despedida silenciosa suya desde la cama de hospital. Y una vez que ha dado las gracias por la llamada y ha colgado y sus hermanos permanecen callados mirando sus latas de cerveza, le viene de nuevo la misma imagen. La mueca muda, que se niega a dejarlo en paz.

—¿Crees que la sauna ya estará lista? —le pregunta Pierre a Benjamin.

—La he encendido hace una hora —responde él. Mira el reloj—. Ya debería estar caliente.

Nils le pasa su teléfono a Pierre.

—Saqué unas cuantas fotos que quedaron bastante bien, la verdad —dice Nils—. Ve pasándolas a la derecha.

En el teléfono de Nils hay una foto de su madre en el lecho de muerte. A Pierre se le corta el aliento y le devuelve el teléfono.

—¿Por qué tenemos que ver eso? —pregunta Pierre.

—A mí me parece bonita —contesta su hermano—. Se la ve en paz.

—¿En paz? —repite el otro—. Si se estaba retorciendo de dolor.

—No, aquí ya está muerta —explica Nils—. Si estás muerto, ya no sientes dolor.

—Pero ¿se puede saber por qué haces esas fotos? —dice Pierre—. Es perverso. Sacarle fotos a una persona muerta e irlas enseñando. Hiciste lo mismo cuando murió papá. No quiero ver fotos de mis progenitores muertos.

—La muerte no tiene nada de feo, a lo mejor ya va siendo hora de que te des cuenta.

—¡Solo tienes que respetar que yo no quiera verlas, nada más! No quiero, punto —sentencia

Pierre—. Un hijo de luto no quiere ver fotos del momento de la muerte de sus padres.

—De luto... —murmura Nils. Da un trago de cerveza.

—¿Qué pasa? —dice Pierre—. ¿Qué quieres decir con eso?

—Pareces totalmente sumido en un profundo duelo.

—¡Cierra la boca, cada uno lo pasa a su manera!

Se hace el silencio alrededor de la mesa.

—¿No puedes aceptarlo y ya está? —insiste Pierre—. No quiero ver fotos de mamá muerta. Guarda esa mierda.

Nils no contesta. Coge el teléfono y mira la pantalla; sonriendo nervioso, va abriendo distintas aplicaciones, y poco a poco en su interior se va extendiendo el sentimiento de haber sido traicionado. Pierre no se da cuenta de nada, pero Benjamin puede notarlo claramente: el desagrado total y absoluto de que lo hayan amonestado y dejado en evidencia, que desemboca en una humillación con la que ahora está lidiando en silencio. Se levanta de la mesa y se mete dentro de casa.

—Pierre —susurra Benjamin—. Eso era innecesario.

—Pero ¿está mal de la cabeza? Ya quise decirle algo en el hospital, cuando se puso a sacarle fotos. Pero que ahora me obligue a verlas es pasarse de la raya.

—Vamos a intentar hacer esto para que mamá

vea cumplida su última voluntad. No podemos pelearnos entre nosotros.

Pierre no responde. Inclina el bol de patatas fritas que Nils ha sacado, pero ya no queda ninguna. Permanece un rato con los ojos clavados en la mesa, luego se levanta y entra en la cabaña. Benjamin ve su espalda por la ventana abierta de la cocina, oye su voz firme.

—Lo siento, no debería haberme puesto así con lo de las fotos.

Nils está sentado a la mesa de la cocina, alza la cabeza.

—No pasa nada —responde—. No era buen momento para enseñarlas.

Pierre extiende los brazos hacia su hermano, Nils se levanta y cuando se palmean la espalda suena como un aplauso. Benjamin nota tirantez en su propia cara, comprende que está sonriendo. El abrazo es breve, pero no importa, porque no cabe duda de que ha tenido lugar, y durante unos minutos Benjamin sigue sentado en el jardín con una sensación de paz absoluta, como cuando desenmaraña una red tras una noche de mucho viento y captura abundante y parece imposible; ¿no sería mejor tirar la red entera? Pero entonces gira un rombo en la dirección inesperada y, sin apenas emplear fuerza, se oye un ruido y la red se desenreda sola, se desliza de la mano y cuelga elegantemente de los ganchos en la pared de la sauna.

Pierre y Nils salen a la escalera de piedra. Pierre levanta tres latas de cerveza.

—¡Hora de la sauna fraternal!

Y bajan por el sendero que lleva al lago. Luego, uno delante del otro en el pequeño porche de la terraza, se quitan la ropa, se van desnudando lentamente y como con reticencias. Benjamin ve las quemaduras idénticas en las espinillas de sus hermanos de aquella vez que se estuvieron frotando la piel con gomas de borrar, hasta que los dos hermanos se pusieron a gritar y olía a pelo y a carne quemada y papá los pilló y les hizo saltar las gomas de las manos con un guantazo. Ve los hongos de Pierre en los pies, las rojeces entre los dedos. Ve la espalda desnuda de Nils en la sauna. El grupo de lunares sigue ahí, como una perdigonada de puntitos marrones entre sus omóplatos.

Capítulo 10
La mano fantasma

Entre aullidos y con los dedos rojos, Pierre y Benjamin habían estado azotándose el reverso de las manos con un matamoscas, pero al poco rato sus padres los habían hecho callar y los habían echado de la cocina. Dentro de casa querían silencio, porque estaban pasando cosas importantes en la mesa. Benjamin y Pierre se sentaron en la escalera, desde donde tenían buena visibilidad sobre los papeles toqueteados, los impresos y los formularios repartidos sobre el tablero de madera. Papá cogió un papel, lo estudió con detenimiento y luego volvió a dejarlo donde estaba. Nils estaba sentado al extremo de la mesa, poniéndole su firma a un documento, mamá se lo quitó y lo sustituyó por otro. Mamá y papá ya llevaban tiempo con aquello, sentándose con Nils para elaborar estrategias, murmurando con seriedad sepulcral, señalando e intercambiando papeles.

Ese era el último día para pedir plaza en el instituto, había llegado el momento. Ese día iban a mandar todos los papeles, para que el hijo mayor pudiera continuar su trayectoria en el mundo académico. Durante varios años los esfuerzos que había hecho Nils en el colegio le habían otorgado un estatus especial a ojos de mamá y papá. Era la esperanza de la familia, el que iba a llegar a convertirse en algo. Siempre había sido así. En primero de primaria destacaba tanto que le hicieron saltarse segundo, pasó directamente a tercero, y siempre que volvía de la escuela llevaba algo en la mochila para enseñar, un triunfo de algún tipo. Redacciones que sus padres leían en voz alta, o trabajos que se analizaban y debatían. Si Nils llegaba a casa con los resultados de un examen importante, mamá siempre mandaba reunirse a toda la familia, no abría el sobre marrón hasta que todo el mundo estuviera en su sitio, sacaba sus gafas de leer y comprobaba los resultados en tenso silencio, y Nils aguantaba a su lado, esperando en su postura ansiosa, una mano en el costado y la otra sobre su propio muslo. Al final, cuando mamá entendía la magnitud de su éxito, negaba con la cabeza y alzaba la vista para mirarlo con una sonrisa por encima de la montura: «Eres increíble», decía. Y luego siempre lo mismo, levantaba el examen hacia Benjamin y Pierre: «¡Mirad y tomad ejemplo!».

Fuera estaba lloviendo. No había ninguna lámpara encendida salvo la de la cocina, que ardía amarilla sobre el futuro de Nils en la mesa. Benjamin y Pierre estaban sentados en la penumbra de la escalera, siguiendo los acontecimientos en silencio, escuchando las decisivas conversaciones.

—¿Estás seguro de que quieres elegir alemán? —preguntó mamá mirando un papel.

—Sí, creo que sí —respondió Nils.

—Sí —dijo mamá—. Solo que es una lástima que no hagas francés. Creo que te habría encantado esa lengua, es tan refinada y hermosa...

—Pensaba ver si no se puede añadir otra lengua fuera del currículo escolar, para así estudiar francés y alemán, las dos. Pero primero quiero acostumbrarme al instituto y a todo el trabajo.

Los orgullosos padres intercambiaron una mirada. Benjamin miró a Pierre, vio cómo su hermano pequeño levantaba con disimulo el dedo corazón hacia Nils. Benjamin se rio por lo bajini e hizo lo mismo.

—*Fuck you* —susurró Pierre.

—*Fuck you* —susurró Benjamin.

—*Fuck you forever* —susurró Pierre.

Benjamin le dio un empujón en el costado.

—Oh, no —dijo, y se miró el dedo corazón.

—¿Qué pasa? —preguntó Pierre.

—¿No lo ves? La mano fantasma.

Pierre contempló cómo la mano de Benjamin se fue transformando: de repente sus dedos se encorvaron hasta parecer las ramas nudosas de un árbol muerto, y entonces la mano se volvió hacia él. Se levantó de un salto y bajó volando la escalera, y Benjamin fue tras él sin dudarlo ni un segundo, persiguió a su hermano por la cocina, lo atrapó y lo tiró al suelo.

—¡La mano fantasma! —gritó—. ¡No soy yo!

¡Mi mano está siendo controlada por una fuerza extraña!

Benjamin giró a Pierre para tumbarlo bocarriba y le bloqueó los brazos contra el suelo y empezó a hacerle cosquillas en la barriga, el pecho y las axilas.

—¡Para! —chillaba Pierre, a la vez que intentaba liberarse.

—¿Cómo quieres que pare? ¡Si no soy yo!

Le hizo cosquillas más fuertes, Pierre se quedó sin aire, su cara se retorció en una sonrisa de felicidad y, pese a que Benjamin oía las protestas que llegaban de la mesa de la cocina, los rugidos de Nils y los quejidos desesperados de papá, él continuó, porque en la risa burbujeante de Pierre había luz y oxígeno y se reía sin emitir sonido, girando la cabeza a la derecha y a la izquierda y otra vez a la derecha, y luego se puso a llorar. Benjamin lo soltó.

—¿Qué pasa? —preguntó—. ¿Te ha dolido?

Pierre no dijo nada. Se tumbó de lado, escondió la cara en las manos. Benjamin se levantó y vio una mancha de pis brillando en el suelo de madera, y la mancha oscura en la bragueta de Pierre. Molly fue la primera en llegar al charco, lo examinó brevemente y se retiró.

—Mamá... —dijo Benjamin señalando el charco con la cabeza.

—Ay, madre —soltó ella, y se levantó.

Cogió una bayeta y la dejó caer sobre el charco, se la llevó al fregadero y la escurrió. Al apretarla, el pis corrió por sus dedos, pero ella ni se inmutó. Se mostraba indiferente hacia los fluidos corporales, siempre había sido así. Era cierto que podía alterarse cuando papá se olvidaba de levantar el asiento de la taza del váter y lo salpicaba al mear de pie, entonces sí que soltaba un par de gritos, pero después no se molestaba en limpiarlo, sino que se sentaba y dejaba que sus muslos absorbieran las gotas que habían quedado en el asiento. Su madre dio una nueva pasada con la bayeta. Benjamin se acercó a Pierre, que seguía en el suelo llorando.

—No te preocupes —lo animó. Le puso una mano en la espalda—. A mí me pasa todo el rato.

—No, no es verdad —dijo Pierre entre lágrimas.

—Sí que me pasa —repuso—. ¡Espera!

Benjamin hizo como que estaba notando algo raro, miró al techo en un gesto de rendición. Pierre lo espió entre los dedos.

—Ahora yo también me he meado —dijo Benjamin.

Pierre soltó una risotada en mitad del llanto. Mamá escurrió las últimas gotas en el fregadero.

—Ve a cambiarte de ropa —le ordenó.

Mamá cogió el periódico y el paquete de tabaco y se fue a la salita. Papá terminó la ceremonia de la mesa de la cocina y metió el grueso fajo de documentos en un sobre. Dejó la lengua flácida y animalesca fuera de la boca, se pasó la tira de sellos por ella y los pegó al sobre. Una cantidad ingente de sellos. Le entregó la carta a Nils.

—Hoy es un día importante —dijo su padre. Se le quebró la voz—. Mi niño, qué mayor eres. —Abrazó a su hijo. El intento desmañado de Nils de participar del abrazo. La sien sobre el pecho de papá, los brazos inertes, como mangas de carne alrededor de la cintura—. Ahora tienes que irte —le apremió, y Nils subió corriendo la escalera para cambiarse.

Benjamin se sentó en la escalera de piedra, contempló la cuesta y el camino por el que Nils no tardaría en desaparecer. La pista forestal era el único acceso a la finca. Y la única salida. Era como si aquel intestino de tierra fuera la conexión entre la finca y la realidad exterior. Y si la maleza lo engullía, el lugar enloquecía, perdía su sano juicio. Había ocasiones en las que Benjamin se sentaba allí fuera para mirar la pista forestal, más que nada para asegurarse de que seguía allí. Cada verano papá subía un par de veces con la guadaña para mantener a raya la hierba que crecía entre las roderas con el fin de que el acceso estuviera despejado. Los niños siempre lo acompañaban, en fila detrás de él, pues si se acercaban demasiado él les soltaba un grito y señalaba la hoja de la guadaña.

—Esto te puede cortar una pierna sin que te enteres.

Cuando los otros se cansaban y se retiraban, Benjamin acompañaba a su padre todo el camino hasta arriba, siempre detrás, vigilando. Una vez terminada, contemplaban la obra.

—Así tiene que quedar —decía su padre—. Como un largo coño de hierba. —Se reía y le revolvía el pelo a su hijo y luego bajaban de nuevo a casa.

Benjamin miró el ciclomotor de Nils, que estaba aparcado delante de la bodega. Su hermano mayor aún no había cumplido quince, pero se había ganado la confianza de mamá y papá, sabían que conducía con cuidado. A Benjamin nunca le habían dejado probarlo, pero justo cuando acababan de regalárselo a Nils le permitieron ponerse al lado y acelerar, y pudo sentir la fuerza de la máquina y tomó así conciencia de lo que aquel ciclomotor realmente era capaz de hacer. Era una vía de salida, al otro lado. Las posibilidades de Nils de huir se habían multiplicado. Él, que siempre intentaba escaparse, de pronto tenía medios para desaparecer más rápido que nunca, y más lejos. Y Benjamin estaba ahí al lado, dándole gas con la mano derecha mientras Nils vigilaba con celo su vehículo. Benjamin intuía que el ciclomotor lo cambiaría todo, terminaría por dejarlo definitivamente solo, y le dio más y más gas con la mano, haciendo rugir el motor, ahogando así su propia desesperación.

Nils se iba cada mañana a la ciudad, donde había encontrado trabajo de verano en un supermercado, pero por las tardes volvía con sabores de la civilización. Al final de su turno laboral, barría por delante de la estantería de golosinas a granel, y en lugar de tirar las chucherías que a los clientes se les habían caído al suelo, las metía en una bolsa y se las entregaba a Benjamin y Pierre. Estos vertían el contenido en la mesa de la cocina, retiraban los eventuales pelos y las motas de polvo que se pudieran haber colado, limpiaban la suciedad de cada pieza y descartaban las que hubiesen recibido más caña, como los plátanos de gominola pisoteados y con huellas de zapato, o los bombones de licor que habían quedado chafados como monedas de cinco. Y entonces bajaban corriendo a la orilla del lago con el botín para poder comérselo en paz. Se convirtió en una tradición: Nils llegaba a casa con chuches sucias y sus hermanos se sentaban junto al lago a contemplar el agua mientras se iban atiborrando, y a veces les rechinaban los dientes cuando se les colaba un granito de arena o alguna porquería, y entonces resoplaban y lo escupían en las piedras y se reían.

Pierre se había cambiado de ropa y se sentó con Benjamin en la escalera de piedra para mirar cómo se marchaba Nils. Su hermano mayor se preparó para la partida. Se puso un casco que le iba grande, apretó el sillín para comprobar si los neumáticos tenían suficiente aire. Metió el sobre en una bolsa de plástico y lo ató al portapaquetes, y papá comprobó que lo hubiera hecho bien. Después se fue rumbo al mundo exterior, primero tenía que pasar por un buzón para asegurarse su futuro, y luego al trabajo, y Benjamin lo vio desaparecer cuesta arriba, escuchó el rugido del motor, que terminó por ahogarse en el viento, y sabía las sensaciones que recorrían el cuerpo de Nils, porque ahora estaba de camino, de camino al otro lado de la pista de tierra, y Benjamin también había estado allí, las veces que había podido acompañar a sus padres a comprar. Era como una fuerza gravitacional, la lengua de tierra como un agujero de gusano que daba a otra dimensión; el viaje era rápido y descontrolado hasta que salías escupido al otro lado, sobre el asfalto, bien mantenido, a un lugar que parecía una comunidad, donde había casas a ambos lados de la carretera. A veces, en la soledad, Benjamin se imaginaba el otro extremo del camino de tierra: allí empezaba la vida.

Papá se sentó al lado de Benjamin y Pierre.

—Bueno, chicos —dijo, y oteó el jardín—. Vaya mierda de tiempo.

Molly subió la escalera a hurtadillas y se acurrucó en el regazo de Benjamin. Su padre le echó rápidamente la mano encima, la retuvo a base de pegársela al cuerpo, y luego le acarició la cabeza con suavidad. Papá había decidido domar el miedo de la perra, mostrarle su amor a la fuerza. En algún momento del día siempre corría tras ella hasta atraparla para poder mimarla.

—Acaríciala un poco tú también —le dijo a Pierre.

Este le pasó la mano por la cabeza a Molly, y Benjamin vio cómo la invadía el pánico: la notó rígida, asustada y en alerta, preparada para salir corriendo a la mínima oportunidad.

—¿Qué vamos a hacer hoy, con la mierda de tiempo que hace? —preguntó papá.

—No lo sé —respondió Benjamin.

—¿Por qué no os vais de aventura por el bosque?

Pierre y Benjamin no contestaron.

—Podéis llevaros a Molly —sugirió papá.

—Molly nunca quiere ir a ninguna parte —dijo Pierre.

—Claro que sí. Benjamin puede cuidar de ella.

Cuando su padre liberó un poco a Molly, la perra hizo un intento de huir al instante. Entonces papá soltó un taco, vio a la perra desaparecer dentro de casa entre gimoteos, y desde la oscuridad del interior, entre la nube de humo de tabaco del salón, oyeron la voz de mamá, teatral e infantil, al llamarla:

—Cosita bonita.

Y Molly se adentró en la niebla.

Pierre y Benjamin se pusieron sendos chubasqueros y botas de agua y salieron. Siguieron el tendido eléctrico que partía de la cabaña y se metía entre los abetos, y Benjamin pensó que mientras pudieran ver el cable negro en el aire sabrían volver a casa. Llovíznaba, el bosque estaba pesado. Fueron saltando por las piedras resbaladizas. Se adentraron más que de costumbre, por detrás del sendero engullido por la maleza que llevaba a la presa, pasaron junto a las grandes rocas que alguien parecía haber dejado caer en el musgo. Continuaron, se metieron por donde el bosque se cerraba.

—Mira eso —dijo Pierre señalando un pequeño montículo.

Entre los altos árboles se erguía una instalación eléctrica. Una caseta pequeña rodeada de hileras de palos, lanzas negras con puntas blancas, como piezas de pirotecnia apuntando al cielo. Y un poco más allá había dos construcciones más grandes, postes con aspecto de torres, como telarañas de hierro a ambos lados de la caseta que extendían sus hilos negros en tres direcciones distintas del bosque.

—¿Qué es? —preguntó Pierre.

—De ahí sale toda la electricidad —respondió su hermano. Dio unos pasos en dirección a la caseta—. Vamos a echar un vistazo.

Una alta valla de protección rodeaba toda la caseta y el terreno de esta, en la reja había carteles amarillos con relámpagos rojos. Benjamin alzó la cabeza, vio el tendido eléctrico, líneas negras que dividían el cielo bajo y gris en porciones perfectas. Miró la caseta, la fachada sucia, el cemento se había desprendido y se había acumulado en pequeños montoncitos al pie del edificio. Dos ventanitas en la fachada trasera, lo cual le daba un aire de vivienda. Cuando la rodearon y llegaron a la fachada principal, descubrieron que la puerta de la caseta estaba abierta de par en par.

—¿Se ha abierto con el viento? —aventuró Pierre.

—No lo parece —dijo Benjamin—. La han forzado.

—¿Por qué iba a querer entrar nadie?

—No sé.

Benjamin y Pierre estaban de pie delante de la valla, codo con codo, con los dedos metidos en la malla metálica y tratando de ver algo por la puerta abierta, pero no lo consiguieron, solo se oía un ruido eléctrico en el interior, un zumbido grave que no le recordaba a Benjamin a nada que hubiese oído antes; era casi místico, como si solo estuviera oyendo una fracción del sonido, como si allí hubiera frecuencias que no podía percibir. Y pensó que a lo mejor era así, que en verdad la electricidad suena mucho más fuerte, como un grito inquieto y constante, y para los animales del bosque es un sonido insoportable, pero su oído humano solo podía distinguir un leve zumbido, como si la electricidad solo quisiera recordarle que estaba allí y advertirle: «No te acerques».

Siguieron alejándose por el bosque. Cogieron arándanos y se los chafaron en la cara y fingieron que era sangre y que estaban malheridos. Tiraron piedras contra un tronco muerto y cada vez que acertaban se oía un eco hueco rebotando entre los árboles. Metieron un palo en un hormiguero y observaron cómo la montaña de pinaza se convertía en un hervidero. Vadearon una charca tan profunda que casi les entró agua en las botas, la presión les pegaba la goma a las espinillas. Encontraron excrementos e hicieron como su padre solía hacer, los toquetearon con un palo y luego alzaron la cabeza con aire lúgubre para ver dónde se había metido el animal. Se adentraron más y más en el bosque, y cuando Benjamin miró arriba para orientarse de nuevo, los cables eléctricos ya no estaban. No los vio por ninguna parte. Se dio la vuelta hacia un lado y hacia el otro. La misma imagen en los cuatro puntos cardinales. El mismo bosque accidentado, los mismos abetos pesados, bajo el mismo cielo cargado de lluvia. El pánico afloró enseguida.

—¡Ven! —le gritó a Pierre—. Tenemos que volver.

Corrió con su hermano pequeño pegado a su espalda, oía su propia respiración, ramas que se partían bajo sus pies; Benjamin corría y buscaba pistas en el terreno. Se detuvo, miraba de lado a lado, poco a poco se fue convenciendo: había corrido en la dirección equivocada. Y giró, siguió corriendo a la misma velocidad pero en otro sentido, siempre seguido de Pierre. Hundió el pie en una ciénaga, la bota se le llenó de agua, y notó que la pierna se le volvía más pesada. Los pasos se encharcaron, pero Benjamin siguió corriendo, buscando con la mirada el tendido eléctrico que debía guiarlos hasta casa. Hizo un alto para respirar, las manos en las rodillas. Pierre lo alcanzó enseguida, y se quedaron así, recuperando el aliento con las cabezas pegadas. Pierre se incorporó y Benjamin vio que se ponía colorado, unas manchas rojas le aparecieron en el cuello.

—¿No sabemos dónde estamos? —preguntó Pierre.

—Sí, sí —dijo Benjamin.

—¿Y por dónde se llega a casa?

Benjamin recordó las veces que había estado paseando por el bosque con su padre y este le había dicho que, si alguna vez se perdía, solo tenía que caminar en dirección al sol. «Así, tarde o temprano acabarás llegando al lago.» Miró arriba, trató de encontrar un punto, algo que brillara un poco en el cielo gris, pero la bóveda celeste era toda igual de lechosa y carecía de contornos.

Caminaron despacio; Benjamin notó que el bosque se iba haciendo cada vez más grande y alto, o quizá eran ellos los que se estaban encogiendo, como si se fueran hundiendo poco a poco en él; si el musgo subía cinco centímetros más, acabarían ahogándose. Se sentaron en una gran piedra. Estaba oscureciendo y escampando al mismo tiempo: el atardecer caía a la vez que la capa de nubes se disipaba y las copas de los abetos cazaban los últimos rayos de sol de la jornada. Pierre se echó a llorar y su hermano se enfadó con él.

—¿Por qué lloras?

—No volveremos nunca a casa.

—¡Para! —le espetó—. ¡Para ya!

Benjamin pensó que quizá en algún momento mamá y papá se preguntarían dónde se habrían metido los niños e irían al bosque a buscarlos. Pero el tiempo transcurría, la penumbra les cayó encima. Llevaban mucho rato allí sentados; Benjamin tenía la sensación de que habían pasado dos horas, quizá tres, cuando de pronto oyó un ruido lejano.

Un rugido agudo que Benjamin reconoció en el acto, el sonido que solía vincular a la desesperación y a la soledad, pero que en ese momento le infundió un soplo de esperanza: era el ciclomotor de Nils. Comprendió que su hermano mayor estaba volviendo a casa del trabajo, que circulaba por el camino de tierra que pasaba por encima de la finca.

—¡Corre! —le gritó a Pierre.

Y trotaron en dirección al sonido del motor, oyeron a Nils acelerar, el motor quejándose al reducir la marcha para subir una cuesta, y corrieron por los montículos y los desniveles, por la maleza y entre los árboles, y de pronto todo se reubicó alrededor de Benjamin: vio las roderas de excavadoras llenas de agua donde habían estado jugando a hacer equilibrios hacía unas horas, vio la pila de troncos talados y los abetos inclinados, y luego los postes eléctricos con las cintas negras de electricidad que atravesaban el bosque. Bajaron a toda prisa por la pista forestal y vieron la finca emerger entre los árboles. El ciclomotor de Nils estaba aparcado en el jardín. Abajo, junto al lago, Benjamin vio a sus padres sentados delante de la sauna. Velas encendidas y botellas en la mesa. En la salita de estar, Nils vaciaba una bolsa que había llevado del supermercado. Había comprado refresco de cola, la botella aún rezumaba perlas de agua condensada, y ganchitos, que había servido en un cuenco. Cuando vio a Benjamin le lanzó una bolsa.

—Chucherías malheridas —les dijo a sus hermanos pequeños.

Pierre entró en la salita.

—¿No bajamos con mamá y papá para contarles lo que nos ha pasado? —preguntó.

—No, ¿por qué?

—Nos hemos perdido. Mucho rato.

—Pero ahora estamos aquí —respondió Benjamin—. ¿Quieres chuches?

Nils se acercó a la ventana y miró al lago, se aseguró de que mamá y papá seguían sentados allí abajo, y entonces se acercó a la tele. Sin titubear, metió el cable en el enchufe y la encendió. Mudo, Benjamin observó a su hermano mayor mientras acercaba un sillón a la pantalla para poder oír el bajo volumen y se sentaba con los ganchitos en el regazo. Nils hacía las cosas más impensables y con una seguridad en sí mismo que Benjamin era incapaz de comprender. Pierre y Benjamin se sentaron en la alfombra detrás de Nils y volcaron las golosinas en el suelo.

—¿Qué tal ha ido con el sobre? —preguntó Benjamin—. ¿Lo has enviado?

—Sí —respondió Nils.

—Qué bien —dijo Benjamin. Masticó un coche de carreras rojo que primero se le quedó pegado a los dientes y después al paladar, y le dolió la lengua al empujarlo para quitárselo—. Es muy importante que hayas enviado el sobre.

Nils miró a su hermano. Luego se volvió de nuevo hacia el televisor.

—Ahora la familia por fin puede respirar tranquila —dijo Benjamin.

—Sí —contestó Nils—. Porque vosotros dos difícilmente vais a entrar nunca en ninguna escuela, con lo idiotas que sois.

Benjamin y Pierre clavaron los ojos en la nuca de Nils, observaron su postura encorvada, ahí inclinado hacia la tele. Benjamin se levantó sin hacer ruido. Sabía cuáles eran los puntos débiles de su hermano mayor, y conocía el más débil de todos. En el centro de la coronilla Nils tenía el pelo ralo, una zona del diámetro de una pelota de tenis en la que podías ver el cuero cabelludo. Su madre le ponía crema solar para que no se quemara, pero solía echarle demasiada y él se paseaba con un pegote en la cabeza. A veces Benjamin y Pierre lo chinchaban con eso, pero solo si su madre no los oía. Benjamin se le acercó a hurtadillas y, con cuidado, atrapó todo el mechón de pelo lacio de la coronilla de Nils a base de hacer un movimiento circular con el dedo. Nils dio un respingo y se volvió.

—¡Que pares, joder! —gritó.

—Eres tan buen estudiante, cariñito... —dijo Benjamin. Regresó a su sitio riéndose burlón y se sentó.

Esperaron un rato, y luego se levantó Pierre, se acercó también con sigilo e hizo lo mismo. Nils soltó un puñetazo enfurecido hacia atrás, pero falló. Se levantó, se quedó ahí de pie con el cuenco de ganchitos en la mano. Y entonces el leve estrabismo se apoderó de su mirada, como ocurría cada tarde cuando estaba cansado, y sus hermanos lo percibieron al instante y lo imitaron bizqueando.

—Os lo juro, os machacaré —amenazó Nils, y volvió a sentarse.

Benjamin, que podía olerse la bronca de sus padres mucho antes de que ellos mismos supieran lo que iba a pasar, no era capaz de prever lo que le haría él mismo. Una vez más, se acercó de puntillas con el dedo en alto, mientras Pierre trataba de acallar su risita a base de taparse la boca. Benjamin apenas tuvo tiempo de posar el dedo en la cabeza de Nils cuando este se dio la vuelta de repente y soltó un nuevo puñetazo, un golpe fuerte que le dio a Benjamin en el hombro. Había concentrado tanta energía que el cuenco se le cayó del regazo y los ganchitos se esparcieron por el suelo.

—¡Maldita sea! —gritó Nils, contemplando el desastre.

Benjamin comprendió que las posibilidades de controlar la situación se habían esfumado. Dio unos pasos en dirección a la cocina, pero Nils se le echó rápidamente encima y lo apresó. Nils era más grande y más fuerte, y lo tiró al suelo. Sujetó las dos manos de Benjamin con la mano izquierda y con la otra le clavó un puñetazo en la sien. Este oyó un pitido y se quedó inconsciente unos segundos, pero volvió en sí justo para cuando Nils le asestaba el segundo golpe, y después otro, y otro más; el puño apretado iba martilleando la cabeza de su hermano. Este ya no veía nada, solo oía los

ruidos sordos contra su cráneo y la voz desgañita-
da de Pierre de fondo:

—¡Para! ¡Deja de pegarle!

Los golpes cesaron. Benjamin notó que Nils se
relajaba. Permaneció en el suelo, lo vio mirar por la
ventana y luego subir corriendo la escalera. A los
pocos segundos la puerta se abrió de un bandazo;
mamá y papá entraron en la cabaña, volvían del
lago con botellas, platos y vasos. Benjamin trató de
incorporarse, porque no quería que lo vieran ahí
tendido, no quería que se enteraran de lo que había
pasado.

—¡Nils ha pegado a Benjamin en la cabeza!
—gritó Pierre.

Su madre se quedó en el quicio de la puerta
mirando a Benjamin.

—¿Qué le habéis hecho ahora a Nils? —preguntó.

—Nils estaba viendo la tele —dijo Benjamin.

—¿Qué coño dices? —le espetó su madre—.
¿Qué clase de persona se chiva de sus hermanos?

Benjamin se palpó la cara con cuidado con los
dedos para ver si tenía sangre en alguna parte.

—¿Qué le habéis hecho ahora? ¿Qué cosas feas
le habéis dicho? —insistió su madre. Al no obtener
respuesta, dio un paso al frente y gritó—: ¡Contes-
tad! ¡Me vais a decir ahora mismo lo que le habéis
hecho a Nils! —Se volvió hacia Pierre—. ¿Qué ha
pasado? —le preguntó.

—Hemos ido a jugar al bosque y nos hemos
perdido.

—No nos hemos perdido —dijo Benjamin.

—Sí, nos hemos perdido durante varias horas y yo he llorado.

La madre miró a sus hijos, la boca entreabierta, su asombro y su desprecio.

—Asco de críos —soltó, y dio media vuelta.

Benjamin oyó sus pasos pesados por la escalera. Se quedó sentado en el suelo, oyendo cómo ella abría la puerta del dormitorio de Nils, la cerraba, y luego el murmullo de las mentiras de Nils. Benjamin se levantó con cuidado. Pierre se sentó con la montaña de chuches en el suelo de la salita. Separó una moneda de diez céntimos que se había colado. Eligió un barquito de frambuesa que parecía intacto y se lo metió en la boca. Benjamin se le echó encima y lo tiró al suelo, bocarriba.

—¡No, la mano fantasma no! —gritó Pierre.

Benjamin le paralizó las manos debajo de sus rodillas y comenzó a hacerle cosquillas en el pecho y en las axilas. Pierre se reía, trataba de liberarse, intentaba gritarle a su hermano que se detuviera, pero su mueca enrojecida le arrebataba la voz. Al cabo de unos segundos un aura de preocupación le cubrió el rostro.

—Para, Benjamin, en serio. Me voy a mear encima.

Benjamin clavó las rodillas con más decisión, le hizo cosquillas más fuertes, y entonces Pierre dejó de reírse. Se retorcía en un vano intento por escapar, tiraba y contorsionaba todo el cuerpo, pero su hermano pesaba. Logró sacar una mano y golpeó a

Benjamin en el pecho y en la cara. Tenía el semblante angustiado mientras pegaba y pegaba sin conseguir la libertad, y luego brotaron las lágrimas cuando el charco de pis empezó a formarse entre sus piernas.

Capítulo 11
14:00

Dobla la última curva y, poco después, la casa roja de madera se perfila entre los árboles. Benjamin ve el terreno cubierto de maleza, alza la vista, mira la altura de los abetos, que hacen que la cabaña se vea diminuta. La hierba va rozando los bajos del coche. Se acerca a la bodega y apaga el motor. Los hermanos se quedan un rato en el coche contemplando el exterior.

Han vuelto.

Abren las puertas, se bajan del coche climatizado y salen al ambiente estival. Los reciben los sonidos de la finca, las familiares rachas de viento y las golondrinas que vienen y van, abejorros pacientes y avispas estresadas. Insectos por doquier, en cada flor hay uno. La brisa está presente en todas partes, hace ondear las copas de los árboles, atraviesa los abetos con un silbido y empuja el coche, que cruje y chisporrotea tras el largo trayecto.

—¿Vamos? —pregunta Benjamin.

—¿No entramos primero en la casa? —sugiere Pierre—. Para ver que está todo en orden.

—No —dice Benjamin—. Quiero que bajemos directos.

Ni Nils ni Pierre contestan, pero dejan las maletas y se acercan a él, y luego bajan los tres juntos por el caminito entre la casa y el granero y se adentran en el bosque.

Es el bosque de Benjamin.

Lo lleva dentro de sí, ha formado parte de él todos estos años. Conoce cada piedra, cada tramo peliagudo, cada abedul partido. Las distancias son más cortas de lo que él las recordaba, la ciénaga que antes le parecía fantasmagórica, infinita, la cruza ahora en siete pasos. Las rocas misteriosas son ahora perfectamente comprensibles. Pero los abetos siguen siendo inconcebibles, eso sí. Cuando alza la cabeza y mira las puntas de las copas, le da un vahído, tiene la sensación de ir a caer al vacío entre ellos.

—¿Vamos bien? —pregunta Pierre.

—Sí —responde Benjamin—. Solo hay que seguir recto. Es detrás del montículo.

Benjamin va el último, observa las nucas de sus hermanos mientras miran dónde ponen los pies. Ahora caminan más despacio, como cuando te acercas a un animal grande, pasos cautelosos por el bosque seco. Tenía la esperanza de que todo hubiese desaparecido, de que hubiesen retirado la valla, de que hubiesen allanado la caseta a ras de suelo, que los cimientos hubiesen quedado cubiertos de maleza. Pero no es así, evidentemente. La estación transformadora continúa en su sitio entre los abetos, y la malla metálica, así como los postes. Es como si hubiese estado allí desde siempre y como si fuera a seguir estando por toda la eternidad. Los hermanos se detienen a cierta distancia.

—No hace falta que nos acerquemos más —dice Pierre.

—Sí —contesta Benjamin.

Ahora va delante y sus hermanos lo siguen. Las ventanas están rotas. Entre los ladrillos de la fachada crece la hierba. Los cables negros que antes se estiraban entre los postes altos y proveían al mundo sí los han retirado.

—Ya no funciona —señala Benjamin.

—No, eso parece —conviene Nils—. La estación transformadora es tan vieja... Supongo que no puede hacer frente a las necesidades actuales.

Benjamin observa la caseta.

—¿Os acordáis del ruido? —dice.

Sus hermanos no contestan, se limitan a contemplar la fachada.

—El zumbido aquel tristón de la electricidad. ¿No os acordáis?

—Sí —contesta Nils entre dientes.

Benjamin mira a sus hermanos, que se acercan con reticencia a la valla. Mira al interior oscuro. La puerta está abierta de par en par. El cerrojo partido de un golpe sigue colgando como una extremidad rota junto a la caseta.

—Que alguien forzara la puerta para entrar... —comenta—. No logro entender por qué. Ahí dentro no había nada de valor, ¿no?

—Cobre —indica Nils—. No hay casi ningún

conductor mejor de electricidad que el cobre. Y el cobre vale lo suyo.

Benjamin sigue la malla metálica con los ojos, ve cómo rodea toda la caseta, y allí está la verja, la vía de entrada, y le viene la imagen de su propio perfil de pequeño, el chiquillo que se zafaba de sus hermanos y se acercaba a la entrada. Pega la frente a la malla. Oye las respiraciones pesadas de sus hermanos. Están los tres uno al lado del otro.

—¿Qué fue lo que pasó? —pregunta Benjamin.

Nils y Pierre se miran las manos, que se han agarrado a la malla metálica. Benjamin puede leer en sus posturas corporales que no quieren estar allí. Pero no tienen elección.

—Llevo toda la vida cargando con toda la culpa —continúa—. Pero también tenía dos hermanos que venían conmigo.

—Éramos niños —explica Pierre.

—Sí —responde Benjamin—. Y éramos hermanos. ¿Os acordáis de lo que siempre decía papá? Decía que tenemos que alegrarnos de ser hermanos, porque ser hermanos es lo más poderoso que hay. —No mira a Pierre ni a Nils, sino que se queda contemplando el hueco de la puerta. Con el rabillo del ojo ve que su hermano pequeño se palpa los bolsillos, saca un cigarro y le prende fuego protegiendo la llama con la mano.

—Pienso en aquel día constantemente —dice Nils.

Ahora el sol está bajo, las sombras de los abetos

crean sombras negras en las matas de arándano verdes y brillantes que rodean la caseta.

—Cuando volví a casa aquella tarde —sigue, y se ríe—. Me tumbé en la hamaca a escuchar música, pensé que si hacía lo que siempre solía hacer sería como si no hubiese pasado nada. Sabía que tú estabas muerto, porque vi cómo pasaba. Estaba aquí mismo y lo vi todo. Y creí que sentiría angustia o pánico. Y a lo mejor incluso lo hice. Pero ¿sabes qué fue lo que sentí más fuerte que ninguna otra cosa?

Benjamin no contesta, observa a Nils sin decir nada.

—Alivio —dice este.

—Madre mía —suelta Pierre—. Para ya. —Descubre una piedra en el suelo y la chuta.

—Si vamos a hablar de ello, vamos a hablar de ello, ¿no? —contesta Nils, y se vuelve otra vez hacia Benjamin—. Siento lo que hice. Estaba en shock, pero no es ninguna excusa. Y me odio a mí mismo por ello. Pero ¿tú ya no te acuerdas de cómo era? ¿Ya no te acuerdas de cómo Pierre y tú me atormentabais? Conservo todos mis diarios. A veces me los leo. No había día que no te deseara muerto. Y al final pasó.

Benjamin estudia a Nils. El leve estrabismo en su mirada. La cicatriz entre la sien y el ojo que se hizo de pequeño al caer contra el canto de una piscina. Su tez lisa y pueril y sus ojos castaños que brillan de forma tan hermosa cuando los alcanzan los rayos de sol. De pronto Benjamin echa de menos a su hermano. Quiere tener a Nils cerca, quiere que lo abrace, para no precipitarse entre las copas de los árboles y caer al vacío celeste. Le pone una mano en el hombro a su hermano mayor, nota su fragilidad, las vértebras por debajo de su camiseta. Se le hace raro y no está acostumbrado, pero aun así deja allí la mano un momento; Nils le pone la suya encima, le da unas palmaditas torpes. Se miran y asiente en silencio. Su sonrisa es dulce.

Caminan en fila por el bosque, dando pasos pesados mientras cruzan los claros por donde corrían de pequeños. Aminoran la marcha del descenso el último tramo que baja por la montaña, se sujetan a los troncos para controlar la aceleración y salen precipitados al intenso sol del sendero que conecta la cabaña con el granero.

Capítulo 12
El arco eléctrico

Era la verbena de Midsommar, a finales de junio.

Se acordaba de las mujeres rollizas que vendían café y bollos detrás de las mesas de patas finas. Se acordaba del viejo de la ruidosa tómbola de hojalata que hacía como que cerraba la caja de golpe cada vez que se acercaban unos dedos de infante, y los críos chillaban entusiasmados y se marchaban corriendo y volvían de nuevo. Una mesa con números de rifa, a cinco coronas cada uno, recordaba haber levantado el primer premio, una tarta de chocolate, y que había podido notar el chocolate fundiéndose ahí dentro, debajo del papel. Se acordaba de las mantas de pícnic con manchas de café en las que la familia se sentaba en posturas incómodas y abrían los termos. Se acordaba de que el palo de Midsommar lo adornaban mujeres pero lo levantaban hombres. Una gran alegría cuando por fin terminaban de erguirlo, aplausos varios que se llevaba el viento. Soplaba más de lo habitual, el sistema de altavoces se balanceaba, la música del acordeón sonaba lejana y fantasmal. Se acordaba de que Molly se inquietaba cuando el viento azotaba las copas de los árboles y sacudía el follaje sobre el prado. Recordaba que se sentaron un poco al margen del resto de los visitantes. Estaban presentes pero sin participar del todo, como hacían siempre que iban en familia a sitios donde había más gente. Los hermanos, sucios pero bien vestidos. Mamá había tratado de domar el peinado de Pierre con saliva. Papá repartió un par de billetes entre los hermanos, que se fueron corriendo a comprar refrescos. En verdad ninguno de los chicos quería bailar alrededor del palo, mamá los estaba llamando con la mano desde el círculo, y bailaron *Las ranitas*, pero a la que pudieron se fueron escaqueando uno tras otro, de vuelta a la manta, y mamá se quedó allí sola con Molly en brazos, meciéndola de aquí para allá al ritmo de la música, y al cabo de un rato ella también volvió al campamento base, agotada pero cargada de energía, emitiendo un gritito agudo al sentarse en el suelo.

—Bueno, ¿qué? ¿Nos vamos?

Papá se levantó de inmediato.

—Sí, vámonos.

Cada verbena de Midsommar la familia tenía la tradición de ir en coche a la autovía y comer en un restaurante de carretera. Era la única vez en todo el verano que comían fuera. Cada año el mismo garito, cada año igual de vacío, pues el resto del país estaba en casa con sus familias comiendo arenque. Papá y mamá se sentaron a la mesa que solían elegir, junto a la ventana, con vistas a la autovía.

—¿Tenéis plato de embutidos? —le preguntó papá al camarero.

—No, lo siento.

—¿Algún plato con salami?

—¿Salami? Sí, algunas de las pizzas llevan salami.

—¿Podrías ponerme ese salami en un platito?

El camarero miró extrañado a papá.

—Claro... —dijo—. Supongo que no hay problema.

—Genial, entonces ya tenemos un plato de embutidos. ¿Tenéis vodka helado?

—Desde luego —respondió el camarero.

Al cabo de un rato volvió con dos vasos con un culo de vodka en cada uno, con el que mamá y papá se mojaron los labios. Papá hizo una mueca.

—Está templado —dijo, y llamó al camarero con la mano—. ¿Puedes traernos un cuenco con hielo?

—¿No está lo bastante frío? —preguntó el camarero.

—Sí, sí. Es que lo queremos aún más frío.

Mamá y papá se miraron con una sonrisa cuando el camarero hubo desaparecido, eran bebedores habituales que condonaban las torpezas a las que se veían expuestos por parte de los principiantes. Los cubitos de hielo crepitaron al echarlos en los vasos, y luego alzaron sus copas a modo de brindis.

Era una comida que siempre se iba silenciando poco a poco. Las conversaciones se tornaban más lentas, papá y mamá comían con pereza, pedían más bebida. Inquieto, papá buscó los ojos del camarero. Ya no se decían nada el uno a la otra, solo un fugaz «buenas» al tomarse el siguiente vodka. Normalmente, cuando bebía, papá se quedaba sin energía; costaba comunicarse con él, pero era inofensivo. Sin embargo, esta vez era distinto. Benjamin se percató de ello por una irritación que no solía observar en su padre. Este gritó un «¡eh!» hacia la barra al ver que el camarero no se enteraba de que estaba agitando la mano. Benjamin hacía burbujas en su refresco con la pajita y su padre le dijo que parara. Al cabo de un rato volvió a hacerlo y entonces su padre le arrebató la pajita y trató de partirla de un tirón. Pero no lo consiguió, el plástico era correoso, indestructible, y su padre lo intentó de nuevo, hizo tanta fuerza que acabó enseñando los dientes. Al comprobar que la pajita seguía intacta la tiró al suelo. Mamá dejó de mirar a Molly, postrada en su regazo, y levantó la cabeza, se percató del jaleo, y luego volvió a mirar a la perra. Benjamin se quedó inmóvil, no se atrevía a mirar a su padre. No entendía. Notaba que algo no iba como de costumbre. A partir de ese momento estaría atento.

Después se sentaron en el coche. Allí dentro Benjamin siempre estaba alerta, porque era como si los peores dramas siempre tuvieran lugar cuando la familia se encerraba en ese espacio tan reducido. En el coche se desataban las broncas más salvajes entre mamá y papá, cuando papá daba un volantazo al intentar cambiar la emisora de radio o cuando mamá se pasaba de largo la salida de la autovía y papá le gritaba nervioso y miraba el desvío que se alejaba por detrás del vehículo.

—¿De verdad vas a conducir? —murmuró mamá cuando papá maniobró para salir del aparcamiento.

—Sí, sí —contestó papá.

Benjamin iba sentado en el medio, detrás; ese era su sitio, porque allí podía tener vigilados a ambos progenitores, la carretera, a sus dos hermanos, que iban sentados a sus lados. Cuando papá fue a incorporarse a la vía, hizo una curva demasiado cerrada y el coche pasó rozando una arboleda junto al camino, las ramas rasparon con fuerza el parabrisas.

—¡Oye! —gritó mamá.

—Ya, ya —respondió papá.

Luego enderezó el vehículo, subió demasiadas revoluciones y demasiado tiempo con la primera marcha, y cuando por fin metió segunda, el coche dio un bandazo, las cabezas de los chicos se balancearon de izquierda a derecha. Benjamin observaba la mirada de su padre en el retrovisor, veía cómo pestañeaba mientras el coche oscilaba de un lado al otro. No se atrevía a decir nada, solo podía permanecer en silencio y concentrarse, como si fuera él quien estaba conduciendo. Por la ventanilla lateral vio que el coche se acercaba a la cuneta. Pierre se mostraba impasible, estaba leyendo un cómic que había encontrado en el suelo. Pero Nils tenía la cabeza pegada a la luna, seguía atentamente los movimientos del coche por la calzada. La carretera se fue estrechando y después se vio sustituida por un camino de tierra y los árboles se irguieron a ambos lados. Papá avanzaba a toda velocidad por el bosque, ya estaban cerca, y mientras comenzaban a subir por la empinada cuesta que había justo antes de la pista forestal por la que se descendía a la finca, Benjamin pensó que a lo mejor lo conseguirían, a pesar de todo.

En la última curva su padre perdió el control del coche sobre la gravilla suelta. El coche pareció desprenderse del terreno y patinó con las ruedas bloqueadas. Papá intentó detener el derrape y el coche terminó al otro lado del camino, en la cuneta. Benjamin salió disparado hacia delante y acabó tirado en el cambio de marchas, sus hermanos aterrizaron en el hueco para los pies. Papa miró desconcertado a su alrededor. En lo que había durado el bandazo, mamá había apretado a Molly contra su pecho y comprobó rápidamente que no estuviera herida. Luego se dio la vuelta.

—¿Estáis todos bien?

Los hermanos regresaron a sus asientos. El coche estaba inclinado, los tres hermanos se chafaban hacia el lado derecho. Papá arrancó el motor.

—¿Qué haces? —preguntó mamá.

—Tenemos que volver al camino —dijo papá.

—No podrás, hemos de llamar a alguien —repuso mamá.

—Chorradas —soltó papá.

Trató de subir de nuevo al camino, pisó el acelerador; el motor rugió iracundo, tierra y piedras salpicaron los bajos del coche, pero este no se movió del sitio.

—¡Maldita sea! —gritó papá, y aceleró otra vez.

Pierre abrió la puerta de su lado.

—¡Cierra la puerta! —vociferó papá—. ¡Cierra la puerta, cojones!

Benjamin se estiró rápidamente por encima de Pierre y cerró la puerta, mientras el motor bramaba colérico y mamá gritaba para superar el ruido:

—¡No funcionará!

Papá metió marcha atrás y pisó el acelerador, y entonces el coche sí que tuvo agarre y poco a poco fue saliendo de la cuneta. Papá se detuvo en mitad del camino de tierra para meter primera. Pierre volvió a abrir la puerta.

—Quiero ir caminando desde aquí —dijo.

—Yo también —afirmó Benjamin.

Benjamin vio el rostro descompuesto de su padre por el retrovisor.

—Pero ¡me cago en Dios, ¿qué os tengo dicho de las puertas del coche?!

Intentó darse la vuelta, sin lograrlo del todo, y comenzó a soltar golpes de forma indiscriminada contra los chicos. Molly saltó de los brazos de mamá y buscó desesperada una manera de salir del coche.

—¡Tienen que estar cerradas cuando el motor está en marcha!

Los hermanos se protegieron cubriéndose la cabeza con las manos mientras su padre blandía el puño en el aire. A Benjamin le cayeron varios golpes en el hombro y Pierre se llevó uno en el muslo.

Pero Nils fue el que salió peor parado, porque estaba en mitad del paso del movimiento pendular, sin poder esquivar el puño de su padre cuando barría de un lado a otro los asientos de atrás, y fue recibiendo un golpe tras otro en la cara.

—¡Para! —chilló mamá, intentando sujetar el brazo de papá, pero él estaba en otra parte, ya no era posible comunicarse con él.

El primer instinto de Pierre fue huir, forcejeó con la puerta para salir, mientras que el instinto de Benjamin era justo el contrario. Se echó sobre Pierre y tiró de la puerta, encerrándose a sí mismo y a sus hermanos dentro del coche.

—¡Ya está cerrada, papá! —gritó—. ¡Ya está cerrada!

Unas cuantas idas y venidas más con el puño, acompañadas de sonidos guturales, y luego se hizo el silencio. Los golpes cesaron y Benjamin se atrevió a mirar más allá de sus manos. Su padre estaba callado, la vista fija en el salpicadero. Entonces metió primera y emprendió la marcha, y los tres hermanos se acomodaron en el asiento a observar el camino, las manos torpes de su padre sobre el volante, seguían todas y cada una de sus maniobras mientras conducía el coche por la pista forestal hasta aparcar delante de la casa. Ninguno de los tres hermanos osó abrir la puerta.

—Voy a acostarme —dijo papá, y se bajó.

Lo siguieron con la mirada por el parabrisas entre los asientos delanteros, se iba apoyando en los troncos de los árboles que bordeaban el acceso, pasos anchos e inestables por la escalera de piedra, y después desapareció. Mamá se bajó del coche, abrió la puerta del lado de Nils y les hizo un gesto para que salieran. Se reunieron delante del coche. Benjamin miró a su madre: los ojos acuosos, la sonrisa torcida que siempre le asomaba cuando había bebido demasiado y trataba de captar cosas en un mundo que de pronto se le antojaba incomprensible.

—¿Cómo estáis? —Acarició la barbilla de Nils con cuidado—. Ey —dijo, e inspeccionó una herida que se le había abierto—. Hablaré de esto con papá y os pedirá perdón. Pero creo que primero necesita dormir un poco. Lo entendéis, ¿verdad?

Los chicos asintieron con la cabeza. Su madre apoyó una mano en el capó, dirigió su tenue sonrisa hacia Pierre y le acarició la mejilla. Se lo quedó mirando un buen rato, pero aun así no vio que su hijo tenía los ojos empañados, no se dio cuenta de que estaba temblando.

—Papá y yo vamos a dormir un rato. Y luego tendremos una reunión familiar para hablar de esto. —A Benjamin le pasó a Molly—. ¿Podéis cuidar de ella un rato?

Después se alejó despacio por el camino. Hizo un alto, como si le hubiese venido algo a la mente, pero entonces continuó, pasó por delante de la bodega y subió la escalera hasta casa. Hasta que no la perdieron de vista, Pierre no rompió a llorar, y Benjamin y Nils lo abrazaron cada uno por un lado, y este se aferró a Benjamin, y mientras se abrazaban los tres al lado del coche Benjamin sintió por primera vez en mucho tiempo que los hermanos estaban juntos.

Fue entonces cuando Molly desapareció. Tras el trayecto en coche parecía otra, había estado gimiendo intranquila; primero se había estado un rato paseando de un lado a otro por el sendero, y luego de repente echó a correr y se metió entre los árboles, como si hubiese decidido escaparse. Benjamin la llamó, en un principio con alegría, «cosita bonita», después en tono severo, «¡ven aquí de una vez!». Los tres la llamaron, pero la perra hizo caso omiso, continuó corriendo por la cuesta, ya no quería estar allí.

Y así fue como los hermanos se metieron en el bosque aquella tarde, para seguir a la perra asustada, y al final la encontraron. Benjamin la cogió en brazos, vio el miedo en sus ojos, notó su corazón latiéndole con fuerza en el pecho.

Se adentraron más aún entre los árboles. Benjamin se acordaba de que Pierre llevaba una camisa blanca que su padre le había metido con esmero por dentro de los vaqueros, pero ahora colgaba por encima de los pantalones. Se acordaba de que fueron pisando raíces que le parecían los dedos de una persona anciana. Se acordaba de que oyeron al cuco en alguna parte entre los abetos y de que imitaron su canto. Se acordaba de que estuvieron arrancando corteza de un árbol para dejarla en el arroyo que corría por el bosque hasta llegar al lago. Y continuaron subiendo por la cuesta, y no era el deseo de nadie, ni lo habían comentado, pero de pronto terminaron allí, en el sendero que llevaba a la pequeña estación transformadora. Oyeron el ruido de la electricidad ya de lejos, como un órgano en la distancia, un leve zumbido que se fue intensificando y volviendo más grave a medida que se acercaban, y al poco rato vieron la punta de la gran construcción metálica, que refulgía bajo los rayos del sol.

Al llegar a ella pasaron de largo las hileras de postes revestidos de goma y fueron directos a la verja. Miraron por la puerta abierta del edificio.

—Me pregunto qué habrá ahí dentro —dijo Benjamin.

—Seguro que solo hay un montón de cables —respondió Nils.

—¿Intentamos entrar?

—No —respondió Nils—. Puede ser peligroso.

Se pusieron los tres delante de la verja, con las manos en la malla metálica.

—Una vez me electrocuté —contó entonces Benjamin—. Le pregunté a papá cómo era electrocutarse, y él sacó una pila de esas cuadradas y me dijo que la tocara con la lengua.

—¿Qué pasó? —preguntó Pierre.

—Noté un pellizco en la lengua, y me quedé como mudo durante unos segundos. Aunque luego se me pasó.

—Pero electrocutarte puede ser mucho peor que eso —dijo Nils—. Si metes un tenedor en el enchufe, por ejemplo. Te puedes morir.

Benjamin tanteó la manilla de la verja metálica. Cedió sin ningún esfuerzo.

—¡Esta también la han forzado! —exclamó.

Cruzó la verja, pasó por encima de la mancha de césped que había delante de la caseta, se plantó en el lado interior de la valla, justo delante de sus hermanos, y se agarró a ella con una mano.

—¡Dejadme salir! —gritó, fingiendo el llanto—. ¡Os lo ruego!

Benjamin miró a Molly, a la que llevaba en brazos. Le puso una mano cariñosa sobre la cabeza. Se dirigió de nuevo a los hermanos, descompuso la cara en una mueca de tragedia, levantó a la perra hacia ellos.

—Por lo menos llevaos a Molly —se quejó—. ¡Dejadla libre, ella no se merece esto!

Pierre se rio.

—Volvamos a casa —dijo Nils.

—Espera. —Benjamin lo detuvo—. Solo quiero ver qué hay ahí dentro.

Dio unos pasos en dirección a la caseta y se quedó de pie en el umbral de la puerta, asomó la cabeza, pero lo único que vio fueron siluetas oscuras. Palpó la pared de dentro con la mano, encontró un interruptor, lo pulsó y al instante siguiente la estancia quedó iluminada por una lámpara de techo. Era más pequeña de lo que se había imaginado. Una pequeña superficie donde estar de pie y en la pared del fondo una densa hilera de tubos gruesos y negros que iban del suelo al techo. Era como si toda la sala vibrara por la electricidad que corría por las paredes, intensa y constante, un ruido que recordaba a las tres secadoras de ropa comunitarias que había en el sótano del piso en la ciudad.

—¡¿Creéis que tienen electricidad?! —gritó Benjamin a sus hermanos.

—¡Sí! —respondió Nils—. No toques nada ahí dentro.

Benjamin recogió una piedra y la tiró con cuidado contra los tubos. La piedrecita cayó al suelo sin que pasara nada. Cogió una más grande y la arrojó.

—¡No parece que tengan electricidad! —contestó a gritos—. No pasa nada cuando les tiro una piedra.

—¡Las piedras no son conductoras de electricidad! —exclamó Nils—. ¡Eso no significa que los tubos tampoco lo sean!

Benjamin se acercó con cuidado a los cables de alta tensión, estaba a solo medio metro de ellos. Extendió una mano hacia la pared negra.

—¡No los toques! —vociferó Nils—. Lo digo en serio. ¡Podrías morir!

—No, claro que no —repuso Benjamin—. No los voy a tocar.

Acercó un poco más la mano y los tubos emitieron un ruido, como si crepitaran por dentro, que desapareció en cuanto bajó la mano.

Volvió a llevarla hacia los tubos. Unas chispas diminutas, casi imperceptibles, comenzaron a saltar entre los tubos y su mano. Cuanto más la acercaba, más fuerte era el chisporroteo. Nunca en su vida había oído un sonido como aquel. Le recordaba al zumbido que se oía en las películas cuando medían los niveles de radiactividad después de una gran catástrofe. Tenía control sobre el sonido con la mano, la acercaba y la alejaba, y al fin entendió la fuerza, comprendió que Nils debía de estar en lo cierto. Si llegaba a tocar los tubos podría hacerse mucho daño, y un pensamiento le pasó por la cabeza: «Nunca he estado tan cerca de la muerte como ahora». Se dio la vuelta, miró a sus hermanos.

—¡¿Veis esto?! —gritó. Levantó la vista arriba y vio los pequeños chispazos esparciéndose por la estancia—. ¡Son chispas! ¡Es como magia!

—¡Para! —gritó Nils—. ¡Deja de hacer eso!

Benjamin alzó la mano y la bajó, escuchó el sonido, que iba y venía, las chispas revoloteando a su alrededor, y sonrió y miró a sus hermanos a los ojos, y entonces toda la sala se volvió azul.

Se despertó bien. Los primeros segundos se sintió ingrávido y libre. Se incorporó, trató de ubicarse. Luego le llegó el dolor, como un fuego en la espalda y por el brazo, y entonces le vino a la memoria lo que había pasado. Se volvió hacia la verja.

Pensó: «¿Dónde están mis hermanos?».

Miró al cielo, vio que el sol estaba más bajo. ¿Cuánto tiempo había estado ahí tirado? Intentó levantarse, pero las piernas no le aguantaban, se rindió y volvió a sentarse en el suelo, y entonces cayó en la cuenta, la idea le llegó en forma de leve escalofrío por todo el cuerpo.

Molly.

La perra estaba tirada en el suelo a pocos metros de distancia. No cabía lugar a dudas. El pelaje chamuscado y su postura antinatural. Se arrastró hasta ella, levantó el cuerpo lastimado y se lo puso en el regazo. Contempló el rostro inerte de Molly, su boca entreabierta, como si estuviera profundamente dormida y fuera a despertar tan solo con que la zarandeara un poco. Pero Benjamin no se atrevía a moverla, no quería tocarle las heridas, temía hacerle daño. Se abrazó a ella, la pegó a su pecho, el sitio donde la había tenido en el instante de su muerte. Su respiración se fue acelerando y volviendo más pesada, oía ruidos extraños, y se percató de que los estaba haciendo él. Y pedazo a pedazo el mundo se fue desvaneciendo. Benjamin llevaba toda la vida luchando contra la sensación de perder el control de la realidad, recurriendo siempre a sitios o elementos físicos a los que aferrarse, pero por primera vez quería todo lo contrario: dejar ir todo aquello que lo retenía. Estaba sentado en la oscuridad, observando el rectángulo verde de realidad de allí fuera, y cerró los ojos con fuerza y echó otro vistazo a la abertura y cruzó los dedos para que pronto se volviera inalcanzable, que se apagara, simplemente, y que él terminara desapareciendo, liberado de la realidad, atrapado en la oscuridad por siempre jamás.

Debió de desmayarse, porque la siguiente vez que miró fuera el sol estaba aún más bajo. Se puso en pie y trastabilló hasta la puerta. Los primeros pasos en la luz del día, cruzó la verja. El pensamiento: «¿Dónde están mis hermanos?».

Atravesó el bosque con la perra en los brazos. No recordaba cómo lo consiguió, de qué manera logró llegar a casa. Pero recordaba haber visto el lago, que era oscuro, recordaba que el agua estaba en calma. Recordaba caminar sobre piernas que apenas lograban sostenerlo en pie y recordaba ver a su madre en la escalera de piedra, con la bata puesta. Recordaba que la silueta de su madre era borrosa, que la naturaleza verde alrededor de la casa estaba empañada por las lágrimas que le anegaban los ojos a Benjamin. Recordaba que su madre bajó los peldaños hasta el césped, que lo miró con una suerte de perplejidad en la cara. Y Benjamin recordaba verla desplomarse en la hierba y gritar desesperada, y que el lago le respondió.

Capítulo 13
12:00

Allí termina la valla metálica que separa el bosque de la carretera, esta se estrecha y su estado empeora, el asfalto está lleno de parches y de baches inesperados y hay cadáveres de animales en el arcén, con pelajes destrizados y la carne chafada contra el pavimento. No se cruzan con nadie, salvo algún que otro camión cargado de troncos. La radio del coche va perdiendo una emisora tras otra. Están en la otra punta de Suecia, se van adentrando cada vez más en las profundidades del bosque y hablan cada vez menos, y cuando finalmente abandonan la carretera comarcal están en completo silencio. Vuelven a viajar por el agujero de gusano. Han regresado a la pista forestal, tienen por delante cinco kilómetros de trayecto por el bosque hasta llegar a su destino. El retrovisor vibra y Benjamin puede ver que detrás del coche se va erigiendo una nube de polvo como humo de bengalas, se extiende a ambos lados del vehículo, entre los árboles, los abetos, que se van haciendo más altos a medida que se aproximan a la finca.

Avanza con cuidado por la vieja pista de tierra y ve a Nils en el asiento de atrás; de pronto está inclinado hacia delante, concentrado, con la mirada fija en el camino. Es como llegar a un territorio que ha estado protegido por los benefactores secretos de la familia, donde alguien ha destinado todos los recursos a dejar que todo permanezca intacto, por si alguna vez a ellos se les ocurría volver. El camino se llena de ondulaciones, haciendo que el coche traquetee en los sitios de siempre. Los carteles que aparecen en la cuneta están igual de inclinados ahora que entonces. ¿Han pasado los días y los años allí? ¿O acaso ha permanecido todo inmóvil? A lo mejor allí dentro, en el bosque, ocurre algo con el tiempo, quizá no se comporte como debe. El tiempo es un camino de tierra, si te mantienes a la derecha puedes verte a ti mismo pasando por el lado contrario. De repente Benjamin ve el viejo Volvo 245 acercándose de frente, mamá y papá van delante, bien vestidos, porque es la verbena de Midsommar. Y en el asiento trasero, en medio, se ve a sí mismo, con la mirada despierta, en su intento de procurar que todo vaya bien.

Y ahora Benjamin oye un ruido de motor entrando por la ventanilla bajada y en la curva aparece de pronto Nils montado en su ciclomotor; el depósito de gasolina refleja los rayos del sol, pasa por su lado a toda prisa, solo y triste, corre por la lengua de tierra y gravilla que conecta la casa con la realidad, está volviendo de hacer su jornada en el supermercado. Y ve allí, entre los árboles, que

Benjamin y Pierre corren pegados el uno al otro, se han perdido en el bosque, tienen miedo y siguen concentrados en el sonido del ciclomotor para encontrar el camino de vuelta a casa.

El coche se acerca a la cuesta donde el sol siempre da tanto de frente por las tardes, y cuando supera el cambio de rasante se ve de nuevo a sí mismo. Está de pie justo al lado del camino, el chico de las piernas delgadas, en pantalón corto, sin camiseta. Mamá ha ido a la ciudad a trabajar unos días, y Benjamin ha subido él solo al camino para recibirla. El chico mira a Benjamin con sus ojos claros cuando el coche pasa por su lado, mira directamente a los ojos del desconocido, sin interés, luego gira la cara para seguir observando la cuesta a la espera de que aparezca su madre.

Allí van pasando, uno tras otro, todos los chicos que han sido él.

Benjamin y sus hermanos ya están cerca, giran y empiezan a bajar por la pista forestal. Benjamin recuerda la última mañana que estuvieron ahí, una semana después del accidente. Se lo comunicaron a los niños a la hora del desayuno: «Nos vamos a casa». De pronto todo eran prisas. Las grandes maletas abiertas en el suelo de la salita. Papá daba vueltas apagando lámparas y radiadores. Mientras él metía las últimas cosas en el coche e iba a comprobar que las puertas estuvieran cerradas, mamá se encendía un cigarro y se inclinaba sobre el capó del coche. Fumaba distraída, con la mirada fija en el lago. Benjamin se le acercó, hizo ademán de cogerle el bolso que había dejado a sus pies, pero ella le dijo que no con la mano, y Benjamin se quedó a su lado, pegadito a ella. Su madre le lanzó una mirada fugaz y después se volvió de nuevo hacia el lago.

—El día que pasó aquello —dijo su madre, y golpeteó el cigarro con el dedo índice—, me había despertado de golpe y ya no me podía dormir. Estaba tumbada en la cama resolviendo crucigramas... —Hizo un gesto con los dedos, señaló al cielo—. De pronto se apagó la lámpara del techo. Miré arriba extrañada. ¿Qué estaba pasando? Y a los pocos segundos se volvió a encender. —Su madre negó lentamente con la cabeza—. En aquel momento no le di más importancia, pero ahora lo entiendo. —Sonrió—. Podría verse como algo bonito. Fue como un pequeño guiño, una despedida. Todo se apagó y luego ella dejó de existir.

Su madre se acercó al granero, apagó la punta incandescente del cigarro contra la pared y se guardó el pitillo medio fumado otra vez en el paquete. Entonces se sentó en el coche.

Se nota que nadie ha pasado por allí en mucho tiempo. La hierba entre las roderas está altísima, los arbustos arañan la carrocería, el coche se lleva por delante ramas a diestro y siniestro. Benjamin se topa con un vehículo de frente en la estrecha cuesta, es el viejo Volvo 245 otra vez, cargado hasta los topes, justo cuando la familia se está yendo de la finca, aquel último día. Ve a su padre sentado al volante, con su madre al lado, los ojos clavados en el camino que tiene delante, sin decir nada. Detrás van tres hermanos, pegados hombro con hombro. Benjamin se echa un poco a la derecha para dejar paso. Se ve a sí mismo, demasiado deprisa, solo consigue vislumbrar al niño que va ahí sentado en el asiento del medio. Su mirada despierta y triste que vigila de cerca todo lo que ocurre en el coche y fuera de él. El Volvo 245 pasa junto a Benjamin y sube la cuesta, y él lo sigue por el retrovisor hasta que ya no lo ve. Dobla la última curva y, poco después, la casa roja de madera se perfila entre los árboles. Benjamin ve el terreno cubierto de maleza, alza la vista, mira la altura de los abetos, que hacen que la cabaña se vea diminuta. La hierba va rozando los bajos del coche. Se acerca a la bodega y apaga el motor. Los hermanos se quedan un rato en el coche contemplando el exterior.

PARTE 2

Al otro lado del camino de tierra

Capítulo 14

Alza la vista y mira el tendido de alta tensión que discurre a lo largo de la calzada. Los cables negros descienden lentamente hacia el verano del otro lado de las ventanillas del coche, luego ascienden hasta alcanzar su zénit en el punto donde quedan anclados a las enormes torres de hierro que bordean la carretera, separadas cien metros unas de otras, y después vuelven a precipitarse, como haciéndoles una genuflexión a los prados que tienen debajo.

Benjamin levanta la cabeza y observa el cableado.

Una vez se le incendió el cuadro eléctrico de casa. Consiguió extinguir el fuego, pero tuvo que llamar a un electricista para que arreglara el cortocircuito. El hombre estaba en el pasillo desatornillando el panel del armarito para acceder al cuadro eléctrico. Tenía maña, retiró la primera tapa en cuestión de segundos, sujetando todos los tornillos en su gran puño. Necesitaba llegar más adentro; empezó a quitar la siguiente tapa, y justo entonces se levantó una corriente de aire que sacudió la puerta de la cocina y la cerró con un estruendo, y la reacción instantánea del electricista: soltó todo lo que tenía en las manos y las alzó, como si alguien lo estuviera apuntando con una pistola. Benjamin no entendía nada. Cuando el electricista hubo recogido los tornillos y las herramientas que estaban esparcidos por el suelo del pasillo, Benjamin le preguntó qué había ocurrido.

—Gajes del oficio —dijo—. En cuanto un electricista oye que algo salta, suelta todo lo que tiene en las manos.

El temor a electrocutarse. Benjamin nunca lo había sentido de pequeño. Antes del accidente se veía atraído por la electricidad. Detrás de la piscina municipal había una granja de caballos, y después de una clase de natación, mientras los demás niños regresaban al colegio, él se acercó al pastor eléctrico que tenía encerrados a los caballos en el cercado. Se quedó un buen rato mirando fijamente el fino hilo y el cartel amarillo de advertencia en el que se veía una mano que tocaba el hilo y relámpagos rojos que saltaban en todas direcciones. Acercó las dos manos al hilo, como desafiándose a sí mismo, las encorvó sin tocar, y después agarró el hilo. Un pulso eléctrico subió deprisa por sus manos hasta las axilas para luego perecer. Benjamin recuerda que después se sentía singularmente animado. Era como si por un momento la electricidad hubiese hecho algo con su peculiar astenia, como si le hubiera dado un empujón. Era como si mientras atravesaba su cuerpo hubiese oído una voz que le decía: «¡Date prisa!».

Pierre conduce a toda velocidad por la autovía, va todo el rato por el carril izquierdo. Cuando se ve obligado a reducir la marcha por culpa de los que van delante —domingueros que adelantan al ritmo que les da la gana—, se pega a ellos y les hace largas, asustándolos para que regresen cuanto antes a su sitio en el carril central, y Pierre vuelve a pisarle y el motor ruge con la aceleración, sano y vigoroso.

—¡Comida! —exclama Pierre de repente, y señala un cartel que se acerca en el horizonte.

—Por fin —murmura Nils en el asiento de atrás.

El restaurante de comida rápida es como cualquier otro. El personal lleva estrellas doradas en el pecho, hay empleados que tienen varias y otros que no tienen ninguna, para que todo el mundo vea quién es bueno en lo suyo y quién no. Todos llevan un cartelito con su nombre, excepto el encargado, un figurín llamativamente joven que se pasea alerta cual gallina por detrás de las cajas, avergonzándose de sus vagos empleados, camina nervioso de aquí para allá cogiendo las riendas de algunas tareas, para que se hagan bien, y de vez en cuando hace un alto y desliza la mirada por los clientes con una sonrisa hueca.

Piden sendas hamburguesas con patatas fritas y se sientan a una de las mesas que quedan más cerca de la salida. Nils saca el teléfono.

—Tengo que resolver el lío que habéis montado —explica—. Apuesto a que la poli nos está buscando.

—Toma ya —dice Pierre, y se ríe.

—¿Cómo que «toma ya»? —replica Nils—. Esto es muy serio.

Nils sale y luego Benjamin lo ve en medio del fuerte viento en el aparcamiento, donde se pega el teléfono a una oreja y se cubre la otra con la palma de la mano para así no oír el ruido de la autovía. Pierre agita la caja de las patatas fritas y las vierte en la tapa de la de la hamburguesa, alinea los vasitos de kétchup; si uno se acaba, el siguiente está ahí mismo.

—La verdad es que no pensaba que fuéramos a volver nunca —comenta Pierre.

—No —dice Benjamin. Al instante siguiente titubea, levanta la vista de la comida—: ¿Por qué no?

—Bueno, por lo del accidente —explica Pierre—. Fue tan difícil para ti...

Benjamin mira los movimientos rápidos con los que Pierre maneja la comida. Unta en el kétchup tres patatas fritas, que se doblan como tulipanes por el peso cuando se las va a meter en la boca.

—Sigo sin entenderlo. ¿Cómo es que te electrocutaste? ¿Eso no es cuando tocas un cable eléctrico? Tú no tocaste nada.

—Yo tampoco lo entendía —responde Benjamin—. Me pasé diez años sin comprender lo que había pasado. Luego lo descubrí.

—¿Y qué fue lo que pasó? —quiere saber Pierre.

Y Benjamin le cuenta a Pierre lo de los arcos eléctricos. Hay sitios en los que la tensión eléctrica es tan elevada que incluso el aire se carga de electricidad. Se calienta a varios miles de grados y al final está tan caliente que se da una descarga que recuerda a la caída de un rayo.

—¿Fue eso lo que pasó? —pregunta Pierre.

—Sí. Es extraño que no la palmara, según me han dicho los electricistas a los que se lo he contado.

—¿Has hablado con un electricista?

—Sí. Con muchos.

—¿Por...?

—Quería entender lo que me había pasado.

Pierre niega con la cabeza, mira a Nils por la ventana: su hermano mayor ha cambiado de sitio, ahora está con el teléfono en un pequeño terraplén de césped que lo separa de los ocho carriles de la autovía.

—¿Sabes cuántas electrocuciones se denuncian cada año a la Agencia de Seguridad Eléctrica? —pregunta Benjamin—. Cincuenta. Pero ¿sabes cuántos casos reales se estima que hay de gente a la que le pasa la corriente? Más de veinte mil. Aunque nadie denuncia. ¿Sabes por qué?

—¿Vergüenza?

—Exacto. Les da vergüenza. Porque son electricistas. Se supone que ellos saben de eso.

—Increíble —dice Pierre, y deja la hamburguesa en el plato; tiene marcas de dientes como si una rata la hubiera estado royendo. Coge una patata frita, la mordisquea como quien come un palito salado y luego deja el trocito que tenía entre los dedos en una servilleta sobre la mesa.

Benjamin advierte que ha acumulado varios muñoncitos iguales.

—¿Por qué no te comes el último trozo? —le pregunta.

—Me dan asco —contesta—. Los dedos están sucios, han estado por todas partes.

Benjamin mira a Pierre mientras este va despuntando las patatas fritas una tras otra, y de pronto siente lástima por su hermano, porque cuando el montoncito en la mesa se ha hecho más grande le parece intuir que Pierre también carga con algo en su interior, que detrás de esa testarudez también hay una historia. A Benjamin siempre le ha llamado la atención que Pierre parezca haber dejado atrás la infancia sin un solo rasguño. Aparentemente siempre ha sido inmune a ella, como si todo lo que pasó hubiese abandonado su cuerpo, ¿o puede que incluso lo haya fortalecido? Pero cuando Benjamin ve a su hermano ahí acumulando patatas fritas, por primera vez siente que hay un rastro de otra cosa, porque quien no quiere meterse en la boca algo que él mismo ha tocado es que, en mayor o menor medida, no quiere saber nada de sí mismo.

En el silencio que sucede se intensifican los ruidos del restaurante. Las máquinas que van soltando hielo de forma arrítmica e intranquila en los vasos de cartón. Un secador de manos que sopla y calla en los lavabos. El zumbido de la autovía cuando un nuevo cliente entra por la puerta. Alguien pide un helado y un motorcito se pone en marcha, grave, como la última tecla del piano, y de nuevo Benjamin se ve transportado a la estación transformadora; está de pie delante de la pared eléctrica, imágenes de las que intenta librarse en el acto, y puede que lo consiga, pero sabe que volverán. Cada vez que oye ruidos agudos e inesperados, le viene la explosión a la cabeza. Como cuando tira de la cadena en un avión y la esclusa de aire se cierra de sopetón. Las luces intensas también tienen el mismo efecto. Cuando conduce el coche por una carretera en pleno invierno, a oscuras, y de pronto aparece otro vehículo de frente con las largas puestas, Benjamin se queda paralizado durante un momento, le viene a la cabeza el último segundo, cuando la caseta se iluminó completamente de blanco justo antes de estallar. El suelo fresco en la húmeda oscuridad, cuando se despertó y trató de ubicarse, cuando vio la luz de fuera.

Por primera vez en toda la conversación Benjamin no aparta la mirada cuando Pierre lo mira a los ojos.

—Hay una cosa que nunca he logrado entender —dice Benjamin—. ¿Cómo pudisteis dejarme allí?

Pierre deja el vaso de refresco de cola, hunde la punta de los dedos en una servilleta de papel, niega con la cabeza sonriendo.

—¿Eso es lo que piensas? —contesta—. Yo no te dejé.

—Me desperté y no estabais allí —dice Benjamin—. ¿Qué quieres que piense, si no?

—O sea, ¿que aún no sabes lo que pasó? Yo no te dejé. Fui corriendo hasta ti. Quise cogerte, y en cuanto te toqué me dio una descarga a mí también.

—No.

—¿No?

—No puede ser —repone Benjamin.

—Tú estabas inconsciente, no viste nada. Al electrocutarte, quedaste cargado de electricidad, y yo me electrocuté al tocarte. Me desmayé. Cuando volví en mí, vi que Nils se marchaba corriendo por el bosque. Intenté que te despertaras, pero no lo conseguí. Pensaba que Nils iba a buscar ayuda. Así que fui tras él. Lo alcancé justo cuando llegó a la finca. Se tumbó en la hamaca, yo no entendía nada.

—¿Entonces...? —preguntó Benjamin—. ¿Qué hiciste?

—Le grité que teníamos que ir a por ti. Pero él se negaba. Yo entré en pánico, busqué a mamá y a papá, pero no estaban en ninguna parte. Así que fui corriendo yo solo.

—No, eso no es verdad. Cuando recobré el conocimiento estaba solo en la estación transformadora.

—Me perdí; corrí y corrí para encontrarte, y al final me perdí por el bosque. Ni te encontraba a ti ni encontraba el camino a casa.

Benjamin apoya la frente en su puño.

—¿No te acuerdas? —dice Pierre—. Cuando volviste a la cabaña con Molly, yo no estaba allí. Estaba en el bosque, buscándote.

Benjamin cierra los ojos. Verbena de Midsommar. Ha llevado a Molly en brazos hasta la casa. La deja allí, muerta, al pie de la escalera de piedra. Mamá la recoge y se desploma sobre el césped con la perra entre los brazos. La abraza, grita.

Nils.

Ahí está, en la cuesta que baja al lago, a cierta distancia, observando los acontecimientos en silencio. Mamá alza la vista para mirar a Benjamin. Este recuerda pequeños detalles, como que su madre tiene un hilo de baba colgando entre su labio superior y el inferior. Que se le ven los pechos blancos por la ranura de la bata. «¡¿Qué has hecho?!» Se lo grita a Benjamin, una y otra vez, saltando de la ira a la desesperación: «¡¿Qué has hecho?!».

Pero ¿dónde está Pierre? Benjamin intenta verlo, pero no lo encuentra por ninguna parte.

—No estabas allí —dice este.

—No. Estaba dando vueltas por el bosque. Al final tiré la toalla, me senté en una piedra. Al cabo de un rato oí los gritos de mamá. Nunca la había oído gritar así. Gritaba «¡¿Qué has hecho?! ¡¿Qué has hecho?!». Y eché a correr en dirección a sus gritos. Cuando llegué a casa, todo estaba patas arriba. Era... —Niega con la cabeza—. Era un caos.

—Sí —conviene Benjamin, y mira a la mesa—. ¿Qué hiciste entonces?

—No me acuerdo. Recuerdo que quería lavarme. No quería que mamá y papá vieran lo que había pasado. Me había quemado las manos y los brazos. ¿No te acuerdas de las quemaduras que tuve durante varias semanas?

—No.

—Fui al baño y al lavarme se me desprendió la piel. Me quedé allí viendo los trocitos de piel en el lavabo y oía los gritos de mamá fuera y me pitaban los oídos. Era como si estuviera en medio de una guerra.

—No lo sabía —dice Benjamin—. No sabía que habías intentado salvarme. No sabía que habías ido a buscarme.

Pierre se encoge de hombros.

—¿Por qué nunca me lo has contado? —le pregunta Benjamin.

—Pensaba que ya lo sabías —dice Pierre—. Y mamá y papá decían que no te encontrabas bien, que no había que hablar contigo de lo que había pasado.

Las imágenes se van sucediendo. Benjamin trastabilla por el bosque con Molly en brazos, llega a la cabaña, ve el lago en calma. Ve a su madre en la escalera de piedra. Su boca entreabierta, la mirada vacía, el instante antes de que lo entienda. Pero ahora ve también a su hermano pequeño, se lo imagina en el bosque. Se ha perdido y se ha rendido, y entonces oye los gritos de su madre entre los abetos. Echa a correr, el chiquillo, con los brazos quemados colgando en los costados. Ahí llega corriendo el niño de siete años, los gemidos de tristeza de su madre lo guían hasta casa.

Benjamin y Pierre se levantan, se ponen las chaquetas. Pierre se lleva la hamburguesa de Nils al coche. Cuando abandonan la mesa, Benjamin ve el montoncito de patatas fritas que ha dejado su hermano, las puntas que Pierre ha ido colocando una encima de la otra hasta formar una pirámide, como una pequeña muestra de autodesprecio.

Se sientan en el coche. Los platos de comida preparada que Nils ha llevado en una bolsa ya se han descongelado, el coche huele ligeramente a empanadillas de carne picada. Se incorporan a la autovía, que más adelante se estrecha y se convierte en una comarcal. Allí termina la valla metálica que separa el bosque de la carretera, esta se estrecha y su estado empeora, el asfalto está lleno de parches y de baches inesperados y hay cadáveres de animales en el arcén, con pelajes destrizados y la carne chafada contra el pavimento. No se cruzan con nadie, salvo algún que otro camión cargado de troncos. La radio del coche va perdiendo una emisora tras otra. Están en la otra punta de Suecia, se van adentrando cada vez más en las profundidades del bosque y hablan cada vez menos, y cuando finalmente abandonan la carretera comarcal están en completo silencio. Vuelven a viajar por el agujero de gusano.

Capítulo 15
La graduación

Papá estaba de pie delante de la ventana que daba a la plaza, observando el exterior. Echó un vistazo a la hora, se sentó en una de las sillas de la mesa del comedor, se miró el regazo. Se había vestido para la ocasión: los mocasines cuyo color se fundía con el de sus espinillas, los pantalones de pinza, que papá siempre colgaba en una percha en la cocina hasta el último momento, para que los pliegues se mantuvieran intactos, un truco que solía darles asco tanto a Nils como a mamá cuando lo veían pasearse por casa en calzoncillos en las horas previas a una festividad. Se había puesto su viejo gorro de estudiante de cuando se sacó el bachillerato, ahora ya envejecido y deforme, un trozo de tela amarillento en la cabeza.

—Joder —susurró, y se acercó de nuevo a la ventana.

Tenía que pegar la cara al cristal para poder ver algo de la calle de abajo, Benjamin pensó en el aspecto que debía de tener su padre desde el otro lado, si alguien lo veía desde la plaza, las manos pegadas a la ventana, la mejilla chafada, los grandes ojos peinando el terreno. Como un animal de zoológico que acabara de tomar conciencia de su cautiverio.

—Esto roza lo increíble —murmuró su padre entre dientes—. ¿Cómo puede alguien llegar tarde a su propia graduación?

La familia se había reunido por la mañana en el patio de la escuela para recibir a Nils a la salida. Papá les había dado permiso a Pierre y a Benjamin para que se saltaran las clases y así poder participar. Esto era importante. A Pierre le tocó sujetar la pancarta, una fotografía de Nils cuando tenía tres años, sentado en un orinal y sonriendo al objetivo. La foto le hizo pensar a Benjamin en una anécdota familiar que mamá contaba cada dos por tres: aquella vez que él había indagado en el orinal después de que Nils lo hubiese usado. Mamá lo había pillado en el cuarto de baño con un trozo de excremento de su hermano en la mano, y describía cómo Benjamin lo iba mordisqueando de canto, «como si fuera un pincho de pollo», y se echaba a reír un buen rato sin hacer ruido, y cada vez que lo contaba Benjamin abandonaba la estancia.

Un chubasco cayó sobre el patio de la escuela y la familia se apretujó bajo un gran paraguas, y luego un personaje entusiasta con megáfono, quizá el director, hizo una cuenta atrás de diez segundos y las puertas se abrieron y los alumnos salieron en tropel a la pequeña explanada de asfalto, todos corriendo de un lado a otro en busca de sus respectivas familias. Menos Nils. Benjamin lo vio en el acto, caminando tranquilamente y sonriendo, con paso firme rumbo a la fotografía de él mismo sentado en el orinal.

—¡Bravo! —gritó mamá, y alzó un puño de forma discreta cuando lo tuvo más cerca.

Papá y ella abrazaron a Nils. Llevaba ramilletes de flores, ositos de peluche y botellitas de espumoso en miniatura colgando del cuello en cintas azules y amarillas; iba encorvado por el peso del amor de otras personas. Sobre el pecho tenía todas las pruebas de su vida social, amistades que Benjamin solo veía de pasada en el piso. Cuando Nils volvía a casa al mediodía, solía llevar consigo a compañeros de clase, a veces cuatro o cinco chicos que entraban de golpe en el recibidor y luego cruzaban el pasillo en desorden. Los hacía pasar rápidamente a su cuarto y cerraba la puerta, pero Benjamin los observaba con detenimiento tanto cuando llegaban como cuando se iban; se plantaba en el quicio de su puerta para ver pasar a aquellos colosos, sus caras marcadas por los granos, todos callados y patilargos, los muslos parecían llegarles hasta el pecho.

Nils llevaba en la mano el sobre con las notas finales; una bomba atómica de decepción detonó en silencio en el patio cuando papá rasgó el sobre y ojeó apresuradamente las notas. Le pasó el papel a mamá, lo releyó por encima de su hombro, asintió con la cabeza, como si fuera algo que más o menos ya se esperaba, dobló la hoja y se la guardó en el bolsillo interior. Pero Benjamin vio la frustración en sus miradas. Ya habían ido apareciendo señales durante toda la primavera: a lo mejor las notas no serían tan extraordinarias como mamá les había estado vaticinando a los otros dos hermanos.

Nils se despidió enseguida porque iba a pasearse en una carroza con toda la clase. Prometió volver a casa lo antes posible, y hubo un pequeño tumulto, se cruzó con un compañero y se abrazaron y las botellas de champán que llevaban en el pecho chocaron con un estruendo, se alejaron cogiéndose por los hombros en dirección a la larga hilera de furgones que estaban esperando con el motor en marcha, adornados con ramas de abedul, con sábanas colgando en los laterales y en las que habían pintado con espray sus deseos para el futuro. Papá le gritó a su hijo antes de perderlo de vista en el bullicio:

—¡Te esperamos en casa!

Y mamá se encendió un cigarro y regresaron caminando a casa, replegados bajo el paraguas, por el paso subterráneo del tranvía, de camino al centro, la pequeña familia con la pancarta en alto, cruzando la plaza como una pequeña manifestación.

Habían pasado dos horas desde entonces y papá no había parado de acercarse a la ventana para ver si llegaba su hijo desaparecido. Se acercó a la mesa auxiliar para comprobar la comida. Había varios platos con dos lonchas de mortadela, rabanitos y sal. Cuatro mitades de huevo cocido con un pegote de huevas de lumpo. Y en un plato aparte: queso emmental finlandés. Era el buque insignia de la recepción, lo que más le gustaba a Nils. Solía cortarse una loncha y untarle una capa gruesa de mantequilla, y luego la enrollaba en forma de tubito y se lo comía de un bocado delante de la tele. Pierre y Benjamin no podían ni verlo, la mantequilla grasienta combinada con el queso grasiento, fingían arcadas y abandonaban ostentosamente el salón cuando Nils se ponía a comer. Y él se quedaba allí sentado en la oscuridad, delante del resplandor frío y azulado del televisor, cortando una loncha tras otra de su queso preferido.

Mamá estaba acurrucada en el sofá, fumando, el cenicero en el regazo para no tener que inclinarse sobre la mesa. Leía una revista, y cuando papá toqueteó los cubiertos y se le cayó un tenedor al suelo, ella alzó la cabeza.

—Mete el champán en la nevera, ahora ya debe de estar caliente —dijo, y volvió a la lectura.

De pronto en la plaza oyeron la música de una carroza cargada de estudiantes que pasaba por delante del edificio, y papá fue corriendo hasta la ventana, se pegó de nuevo al cristal.

—Mierda —espetó cuando el vehículo salió de su campo de visión, y cambió de postura.

Benjamin oyó el ruido del ascensor deteniéndose en el rellano y luego la puerta que se abría, el sonido de unas llaves acercándose a la puerta del piso.

—Ya viene —dijo.

—No, no —contestó papá mirando fuera—. Esa carroza no es la suya.

La puerta se abrió.

—¡Hola! —gritó Nils.

Papá fue corriendo a recibirlo.

—¡Bienvenido! —exclamó, y miró a su alrededor—. Benjamin —susurró, y le hizo un gesto para que se acercara, y luego se volvió hacia el interior del piso y llamó a su otro hijo con un grito, «¡Pierre!», y este apareció al instante en la puerta de su habitación.

—Lo siento —dijo Nils—. La carroza ha ido hasta el centro y no he podido bajarme.

—No pasa nada —contestó su padre. Comenzó a bregar con la botella de champán, desplegó el estaño como una rosa y empezó a girar el tapón poniendo cara de esfuerzo; la apartó un poco por si el tapón salía disparado—. ¡Champán rosado! —gritó.

Los cinco se reunieron en el salón y observaron a papá mientras servía tres copas. Se quitó las gafas de la cabeza y con la patilla golpeó suavemente su copa unas cuantas veces. Se aclaró la garganta.

—Por nuestro maravilloso estudiante —dijo, y alzó la copa—. Estamos muy orgullosos de ti.

Mamá, papá y Nils brindaron y bebieron.

—Está caliente —comentó mamá, y se volvió hacia Benjamin—. ¿Podrías sacar unos cubitos de hielo?

Cuando Pierre cogió un plato y se dispuso a servirse una mitad de huevo, papá le espetó:

—Pero, hombre, deja que Nils se sirva primero, por el amor de Dios.

—Está bien —contestó Nils con una amabilidad que sonaba anormal y forzada—. Puede servirse antes que yo.

Pasado un cuarto de hora, se preparó para salir otra vez. Había quedado con unos amigos y después se iba a una fiesta por la noche. Estaba en el recibidor, inclinado sobre sus zapatos, y papá en el umbral de la cocina.

—Nils —le dijo. Agitó el queso emmental en el aire—. Mira lo que te pierdes.

—Vaya —exclamó él—. Qué rico.

—Nos lo podemos comer esta noche cuando vuelvas. Al fin y al cabo, es la última noche.

—Sí, luego —respondió.

La puerta se cerró de golpe y Nils volvió a desaparecer. Papá se quedó un rato mirando la puerta. Se quitó su gorro de estudiante y lo dejó en la mesita del recibidor. Se fue a su dormitorio. Y empezó una nueva espera: a que Nils regresara a casa. Ahora cada hora era importante porque al día siguiente se iba de viaje, un voluntariado de nueve meses en Centroamérica. El hecho de que fuera tan inmediato, justo después de graduarse, Benjamin lo interpretaba como una peligrosa provocación hacia mamá y papá, una forma de dejarles claro que Nils no quería quedarse en casa ni un día más de lo estrictamente necesario. Pero mamá y papá parecían habérselo tragado cuando les había dicho que necesitaba una pausa de todo, que quería vaciar el cerebro y ver mundo. Benjamin cruzó el pasillo que distribuía los distintos dormitorios, abrió con cuidado la puerta del de Nils. El equipaje ya estaba hecho, tres maletas apiladas una encima de la otra. El estante de cedés estaba vacío, igual que la librería. En las paredes solo se veían las marcas simétricas que había dejado la masilla adhesiva con la que su hermano había colgado pósteres de películas que ya no estaban. Había efectuado un trabajo clínico. Nils había dicho que volvería a casa en primavera, pero Benjamin sabía que quien dejaba su habitación en aquel estado, tan depurada y limpia, lo hacía para siempre.

Se fue a su cuarto. Era mediodía, pero tenía la sensación de que ya era de noche. Su madre se había tumbado de nuevo en el sofá con la revista. Su padre estaba sentado en un sillón en su dormitorio, leyendo un libro. Benjamin se echó en la cama, cerró los ojos un rato y se quedó dormido. Cuando se despertó, fuera ya estaba oscuro. Miró la hora del radiodespertador: las 22:12. Hacía frío en la habitación porque había una ventana abierta, y se planteó levantarse, pero se quedó donde estaba. Aguzó el oído para escuchar los sonidos del piso: la tele estaba encendida en el salón, pero no podía oír ninguna conversación. ¿Había vuelto Nils a casa? De pronto un grito estridente de su madre:

—¡¿Puedes parar de una vez?!

Probablemente fuera Pierre, estaría masticando cubitos de hielo, que era algo que mamá no soportaba, y Pierre lo sabía pero no podía evitarlo. Benjamin oyó pasos en el parqué, Pierre abandonando el salón y yendo a su cuarto. Pierre volvió a salir, Benjamin oyó sus pasos, y de repente lo vio en la puerta de su habitación, le enseñó un cigarro que tenía en la mano y salió al balconcito al que también se tenía acceso desde el cuarto de Benjamin. Pierre llevaba tiempo fumando a escondidas, y cada vez se mostraba más osado. A veces mamá le olía los dedos, le hacía muestreos olfativos, como si sospechara que fumaba, y para evitar que lo pillaran Pierre se mojaba los dedos con vinagre después de cada cigarrillo, siempre llevaba una botellita en la mochila, y se lo frotaba en el ascensor cada tarde antes de subir a casa. Siempre ese olor agrio en el rellano, en su ropa. Mamá nunca se enteraba, una vez había dicho que olía a «comida» cuando entró en su cuarto a pedirle algo.

Benjamin observó a Pierre en el balcón, la naturalidad con la que manejaba los cigarros, su mano curvada para que la cerilla no se apagara con el viento, la forma en la que podía dejar el cigarro encendido colgando entre los labios mientras se subía la cremallera de la chaqueta, su postura al asomarse por la barandilla, al chupar y soltar el humo por la nariz. Haciendo aquellos movimientos parecía un hombre mucho mayor, cuando daba la impresión de que se quedaba encallado, como si de pronto le hubiese venido a la mente un recuerdo triste de su vida, o cuando oteaba los bloques de edificios y esbozaba una mueca tranquila después de dar otra calada. Benjamin ya no veía a Pierre como un niño ni como un adolescente, lo veía apesadumbrado por cosas que solo podía experimentar quien hubiese vivido una vida larga. Cada vez le parecía más encerrado, casi nunca quería hablar de cosas que habían vivido juntos. Era un cambio.

Benjamin recuerda un día que su madre y su padre estaban discutiendo acaloradamente, se gritaban el uno al otro en el piso; la cosa empeoró y llegó a las manos, pasos apresurados por el pasillo, portazos, mamá intentando escaparse de la cólera de papá, Benjamin recuerda el rostro salvaje de su padre al abrir la puerta de un tirón, colar una mano por la ranura y dar un puñetazo, Benjamin recuerda coger a Pierre y meterse los dos en el vestidor, cerrar la puerta, y fuera la bronca se prolongó: sonidos guturales y gritos, ruidos que alimentaban imágenes impensables en la mente de Benjamin, y se sentaron en el suelo y se abrazaron; Pierre lloraba, y su hermano le tapó los oídos y susurró: «No escuches».

Estaban juntos.

Todavía había momentos en los que Benjamin experimentaba destellos de lo que podían ser los dos. En la cocina a primera hora de la mañana, los dos en pijama, pegados el uno al otro, echando cacao soluble en la leche. Y cuando Pierre lo tiraba fuera, él imitaba a papá y susurraba horrorizado: «¡Eres un torpe!». Y Pierre imitaba la forma que tenía su madre de zanjar los conflictos: «Voy a echarme un rato». Se reían por lo bajini. Los dos en la cocina, con el pelo revuelto, callados, removiendo la bebida de chocolate, estaban juntos.

Pero luego se iban al colegio, y allí Pierre era otra persona. Los dos, que siempre habían sido uno, ahora podían cruzarse sin saludarse siquiera. En algún recreo, en algún cambio de clase, Benjamin podía estar caminando por el pasillo y de pronto oír barullo entre las hileras de taquillas, y cuando pasaba por allí veía que era Pierre, que había levantado a un alumno más pequeño contra una pared y se inclinaba hacia delante con la frente pegada a la del chiquillo. Benjamin solo lo atisbaba fugazmente al pasar por allí, no quería verlo, pero después arrastraba una instantánea de la agresividad de su hermano de la que no lograba desprenderse. La había visto entre los chicos de la ludoteca, y en las pandillas que se paseaban por la plaza y que a veces se metían en el metro y paralizaban a un vagón entero. Veía en ellos una masculinidad que no lograba entender y de la que no se sentía parte. Poco a poco ya empezaba a entender que existía también en su familia, en Pierre, en su comportamiento cada vez más irracional; resonaba entre la bolsa de estrellas ninja que había tallado en el taller de carpintería. Y Benjamin lo había visto por las tardes fumando detrás del pabellón de gimnasia, lanzando las estrellas contra la pared rodeado de sus amigos. Un día se decoloró el pelo, por su propia cuenta, sin preguntarle a mamá. Algo debió de salirle mal, acabó con el pelo amarillo como un pollito, y al día siguiente se lo volvió a teñir, tan negro que parecía casi azul. Solo era un color de pelo, pero algo cambió en la manera en que los demás lo veían, ese pelo de un azul oscuro incomprensible que se distinguía de lejos en el patio de la escuela, y esa mirada alerta, como si siempre estuviera a punto de verse metido en una emboscada.

Y el alboroto continuado en los pasillos, el sonido de las estrellas ninja chocando en la mochila y los alumnos más pequeños a los que aplastaba contra las taquillas.

Empezó a vigilar a Pierre a escondidas a la hora del recreo, y no fue hasta entonces, cuando comenzó a observar a su hermano desde la distancia, que se vio a sí mismo. Fue en pleno invierno, temperatura bajo cero; para el descanso de las dos de la tarde ya había anochecido, y los alumnos jugaban con una pelota de tenis en el asfalto resbaladizo y sus bocas parecían chimeneas de vapor, y cuando intentaban lanzarla se les quedaba pegada a los guantes manchados de nieve, y Benjamin vio a Pierre a un lado, sin participar en el juego, mirando con su delgadísima chaqueta, sin gorro y con las manos moradas metidas en los bolsillos de los vaqueros. Y una repentina rabia se apoderó de Benjamin: ¿por qué mamá y papá no le habían dado una chaqueta más abrigada? ¿Por qué no llevaba gorro y guantes? Mientras volvía a clase se percató de que tenía frío, y hasta ese momento no cayó en la cuenta de que la chaqueta que llevaba era igual de fina que la de su hermano. Poco a poco fue atando cabos, aprendió a conocerse a sí mismo a base de observar su entorno. La suciedad en casa, las manchas de pis en el suelo alrededor de la taza del váter, que crujían cuando papá pasaba por allí con sus pantuflas, las motas de polvo debajo de las camas que se desplazaban ingrávidas con las corrientes de aire cuando abrían las ventanas.

Las sábanas, que iban amarilleando poco a poco en las camas de los hermanos, hasta que al final las cambiaban. Toda la vajilla sucia en el fregadero, cuando abrías el grifo las moscas salían volando de sus escondites entre los platos. Las estrías de roña en la bañera, como las marcas de la marea en un muelle, las bolsas de basura que se amontonaban en el zapatero del recibidor. Benjamin empezó a entender que no era solo la casa la que estaba sucia, sino también las personas que la habitaban. Comenzó a resolver el rompecabezas, a compararse con los demás. Solía pasarse las clases limpiándose la porquería de las uñas con ayuda de la punta de un portaminas. Era una ocupación que hacía correr el tiempo, y le gustaba que los resultados fueran inmediatos; deslizaba con cuidado la punta de metal por debajo de la uña y las líneas oscuras desaparecían una tras otra sin dejar rastro. Juntaba toda la suciedad en un montoncito en el pupitre. Pero si alguna vez le miraba las uñas a algún compañero o compañera de clase, nunca veía porquería, había alguien que cuidaba de sus manos, alguien que se preocupaba de que las llevaran limpias y de que se cortaran las uñas. El profesor de arte, que a menudo se inclinaba por encima de Benjamin. La boca le olía a café, y los jerséis de lana, a detergente con aroma a manzana. Un día le pidió a Benjamin que se quedara un momento después de clase. El profesor se agachó a su lado en el pupitre y le dijo que en ocasiones, cuando lo ayudaba con algún ejercicio, podía notar que olía a sudor, y que no quería meterse donde no lo llamaban, pero sabía que a esas edades los chavales podían buscar cualquier excusa para meterse con alguien, y un día se burlarían de él por su olor. Benjamin escuchó con atención al profesor de arte. En realidad solo hay dos reglas que recordar, dijo: cambiarte de calcetines y de calzoncillos cada día y ducharte cada mañana. Esa misma noche se hizo una inspección de higiene a sí mismo. Cuando nadie lo veía se metió la mano por dentro del jersey, se frotó la axila y se olió los dedos. Por primera vez notó el olor de su propio sudor. De pronto vio las cosas claras.

En el balcón Pierre le dio una última calada al cigarro y lo hizo saltar por los aires con los dedos pulgar y corazón; la colilla salió disparada como una luciérnaga por encima de la barandilla. Entró, cerró la puerta sin hacer ruido, dio unos pasos por el cuarto y luego desapareció. La estela de olor a vinagre siguió en el cuarto de Benjamin después de que se fuera.

Benjamin continuaba en la cama. Las luces del aparcamiento titilaron y volvieron a la vida, una tras otra se fueron encendiendo y sus halos se colaron por la persiana, formando finas lanzas de luz en la pared. Una lamparita en el alféizar de la ventana emitía un leve resplandor que formaba puntitos de luz en el techo, que le recordaban a las medusas fluorescentes en medio de un océano verde que había visto una vez en un documental de naturaleza.

Se quedó escuchando los sonidos del barrio de la periferia, dos perros se encabritaron el uno con el otro justo allí abajo. Unos cuantos chavales cruzaron la plaza corriendo para no perder el metro, podía oír sus risas. Y más débil pero más poderoso, el ruido lejano de la gran autovía a un kilómetro de distancia. Debería levantarse. Había perdido toda la tarde. Estaba cansado, quería dormir, pero alguien que dormía tanto debía de tener algún problema. Se incorporó en la cama, se levantó despacio, tenía frío, abrió el armario para coger un jersey. Al otro lado de la puerta podía oír a papá preparándose para acostarse. A esa hora, cuando iba al baño a asearse, siempre salía al pasillo a hacer lo que tuviera que hacer; se cepillaba los dientes allí, como si no quisiera perderse lo que pudiera pasar ahí fuera. Luego se metía en el pequeño aseo, contiguo al cuarto de baño principal, y solo cuando veía que su visita al inodoro empezaba a generar sonidos estruendosos se molestaba en cerrar la puerta, y lo hacía con firmeza e irritación, como si hubiese sido otra persona la que la había dejado abierta. Escupía un par de veces en el lavabo, lo enjuagaba con agua y listo. Los pasos pesados por el pasillo, Benjamin lo vio pasar en pijama a través de la rendija de la puerta. Papá se detuvo, la mirada fija en el suelo.

—¡Buenas noches! —gritó al interior del piso.

—Buenas noches —respondió mamá desde el salón.

Papá se quedó allí un rato; parecía buscar algo en el tono de voz de mamá, algo que quizá sugiriera que en realidad le apetecía estar un rato con él, comer algo, echar un trago. Pero la respuesta era breve y tajante, su padre debió de entender que en esta ocasión no podía esperar más de ella. Benjamin lo oyó meterse en el dormitorio. Desde hacía un par de años dormían en habitaciones separadas, mamá decía que era porque papá roncaba demasiado. Y Benjamin estaba allí tumbado en la oscuridad, siguiendo la secuencia de acontecimientos mediante los sonidos que tan bien conocía: mamá bajando el volumen de la tele, el salón quedando a oscuras después de apagar todas las lámparas una a una. Su madre siempre hacía eso cuando su padre se iba a la cama, porque sabía que existía el riesgo de que no pudiera dormirse, con lo que al cabo de media hora se levantaría y abriría la puerta del dormitorio, asomaría codicioso la cabeza al pasillo en busca de compañía y, en el mismo instante en que hacía eso, ella correría a apagar la tele para que el salón quedara completamente a oscuras. Su padre no llegaba a entrar en la sala de estar, sino que se limitaba a dar unos pasos por el pasillo. Y luego volvía a acostarse. Su madre esperaba un rato a oscuras. Luego volvía a encender la tele.

Benjamin se despertó. Estaba tirado en la cama, debía de haber vuelto a tumbarse sin darse cuenta. Y debía de haberse quedado dormido otra vez. Se volvió y miró el radiodespertador: las 00:12. Oyó el ruido del ascensor, se imaginó el pequeño cubículo solitario de hierro deslizándose en la oscuridad, ascendiendo por el hueco. Por las tardes y las noches solía quedarse escuchando cómo se movía por el interior del edificio; se sabía todos los ruidos: el chasquido cuando el mecanismo de cierre sellaba la puerta y se ponía en marcha, el restallido ridículo de la campana cuando alguien pulsaba la alarma sin querer, el pequeño rebote cuando el ascensor llegaba a una planta y se detenía. Sabía que era Nils, que estaba llegando a casa, y cayó en la cuenta de que sería la última vez que lo oía llegar en ascensor, la firma auditiva exclusivamente suya, los pasos silenciosos entre el ascensor y la puerta de casa, el traqueteo de las llaves, que siempre empezaba dentro del ascensor, tan típico de la racionalidad que lo caracterizaba: siempre quería estar preparado, no quería perder tiempo delante de la puerta buscando las llaves. La puerta se abrió y volvió a cerrarse. Benjamin vio a su hermano en el resplandor amarillo a través de la rendija de la puerta del dormitorio. Su cuerpo brillaba, como irradiando el mundo de fuera, la carroza en la tarde gris de junio, las fiestas al aire libre con cerveza tibia, los manoseos entre matorrales, andenes de tren con eco y autobuses rojos repletos de gente que se alejaban hacia los barrios de la periferia. Lo vio allí de pie con su resplandor, inalcanzable, ya ausente, una leyenda que una vez había vivido en aquel piso. Mamá salió a recibirlo y fueron a la cocina; Benjamin solo podía oír un leve contorno de la conversación que entablaron, oyó una nevera que se abría y se cerraba, ¿alguien sacando el queso emmental? Y el arrastre de las sillas al retirarlas de debajo de la mesa de la cocina, el murmullo amortiguado a través de tres paredes, costaba distinguir las palabras que se intercambiaban, pero el tono era inconfundible, las vocales suaves, los silencios permisivos. Benjamin se relajó, se puso triste; notaba los latidos de su corazón, sabía que tenía que levantarse de la cama antes de que se le escapara la oportunidad, debía salir corriendo a la cocina y pedirle a Nils: «Quédate». Debía decirle que no había alternativa, que tenía que quedarse, que si no no sabía qué podía pasar. Benjamin era consciente de que la partida de Nils implicaba que algo se rompería definitivamente. Porque ¿cómo podría él reparar jamás la familia si uno de los miembros que la componían desaparecía? También sabía que el viaje de Nils supondría un peligro para él. Si este desaparecía, desaparecía alguien de la realidad, una mano en su hombro que lo mantenía en el sitio que le tocaba. Habría una persona menos para asegurarle a Benjamin que esta familia existía y que él existía en ella. Alguien con quien poder intercambiar una mirada durante la cena y que sin decir nada pudiera confirmarle: «Existes». Y «Esto ha pasado».

Estaba allí tumbado. Notaba la espalda hundiéndose en el colchón. Pensó que estaba muy lejos del suelo. Tercera planta. Diez metros, quizá doce. Una caída así no la aguantaría, si el edificio cediera, si Benjamin se precipitara a través del hormigón. Miró el techo en busca de algo a lo que aferrarse, se abrazó a las sábanas y a las almohadas. Si no, caería contra el techo, una caída libre a cien kilómetros por hora, directo hacia la superficie del agua, a las medusas fluorescentes.

Tenía que levantarse, tenía que salir corriendo de su cuarto. Pero ¿cómo iba a hacerlo ahora, en mitad de una conversación que bajo ninguna circunstancia podía verse interrumpida? Ese era su cometido: allanar el terreno para que la familia pudiera hablar tal y como estaban haciendo ahora mamá y Nils en la cocina, para que se quisieran y todo estuviera bien. Las palabras afables sonaban como una nana a través de las paredes, un tarareo optimista, lleno de amor, que lo ataba a la cama. Oyó a Nils decir algo y a mamá soltar una carcajada. Y luego un ruido nuevo, una puerta que se abría, ¡papá se había despertado! Dio uno de sus merodeos por el piso para ver si alguien quería hacerle compañía un rato. Mamá aún no se había percatado de que se había levantado, ninguna voz estridente en mitad de la noche; la conversación en la cocina seguía siendo sosegada, tranquila, solícita. Benjamin oía sonidos que no lograba entender. Oyó algo que retumbaba sobre el parqué, y vio la figura de Nils al pasar por la ranura de su puerta entreabierta, estaba arrastrando las maletas hasta la entrada. Benjamin no lo entendía, su hermano no se marchaba hasta al día siguiente. ¿No iban a desayunar todos juntos y despedirse? ¿Qué estaba pasando?

Miró la hora.

Las 07:20.

¡Tenía que levantarse!

Su padre pasó por fuera, ya no iba en pijama sino vestido de arriba abajo.

—¿Lo llevas todo? —lo oyó decir.

—Sí —respondió Nils.

Traqueteo de maletas, la puerta que se abría. Benjamin quería gritar, pero no le salió ni una palabra.

—Adiós, hijo mío —dijo papá—. Cuídate. Y llama cuando puedas.

La puerta se cerró.

Capítulo 16
8:00

El cielo abre compuertas y una lluvia demencial cae sobre el coche, y poco después llega el viento. Benjamin ve los avisos en la repentina oscuridad que se cierne, en las banderolas azotadas en sus astas en las fachadas de los hoteles y en la postura de algún peatón que se inclina contra el temporal mientras camina por la acera. Es un viento que parece dispuesto a llevarse la ciudad por delante, una tormenta merecedora de un nombre de persona.

Y, con la misma rapidez con la que el temporal se desata, pasa de largo. Los hermanos se bajan del coche, el aire es puro después del chubasco. Cruzan el cementerio, la tierra ha salpicado las lápidas, el agua todavía corre por los desagües. El camino es estrecho, los muertos yacen pegaditos a ambos lados de la lengua de grava por la que avanzan los tres. Benjamin y Nils a la misma altura, Pierre, unos pasos más atrás, lee entre dientes los nombres de los que han fallecido. De vez en cuando informa a sus hermanos de algún detalle, recita los versos grabados en alguna losa. Los muertos más jóvenes le llaman especialmente la atención.

—¡Doce años! —exclama Pierre.

Camina con la mirada dirigida a las lápidas, se detiene y Benjamin lo oye gritar:

—¡No me jodas, aquí hay una de siete!

Detrás de un pequeño terraplén se yergue un edificio gris de hormigón: es el crematorio. Hace mucho tiempo Benjamin visitó uno parecido, una excursión con la escuela, y algunas cosas no las podrá olvidar nunca. Vio las cámaras frigoríficas y de congelación en las que metían los ataúdes antes de incinerarlos. Los muertos esperando en fila para esfumarse. La gestión industrial, las camionetas que transportaban los ataúdes de un lado a otro. La jerga del personal, pullas y gritos mientras iban moviendo los cuerpos, como quien trabaja en un almacén de fruta. Alineados en el calor y el resplandor amarillo del horno, los alumnos fueron testigos de cómo metían un ataúd en el fuego. A través de una ventanita de cristal pudieron observar la rabia de las llamas mientras la madera, las telas y la carne se fundían hasta quedar exterminadas. El administrador del crematorio sacó un balde de acero inoxidable que recordaba a las cazuelas de las que servían la comida en el colegio. Tenía una pala de mango largo que usaba para empujar los restos humanos. Había una cesta justo al lado del horno, donde el conserje metía las cosas que el fuego no había logrado devorar. Empastes de amalgama, clavos del ataúd. Los niños y las niñas pudieron echar un vistazo al interior del balde, el conserje lo sujetaba para enseñárselo, lo iba agitando como una bolsa de chucherías. Benjamin vio tornillos que una vez habían formado parte de una cadera, prótesis, restos de dispensadores de insulina y marcapasos, baratijas de la muerte recubiertas de ceniza. El hombre advirtió a los alumnos, ahora podían mirar para otro lado, si así lo preferían, y parte de la clase se volvió hacia la pared, pero Benjamin observó con atención al operario del crematorio cuando rastrilló los últimos restos de esqueleto y los empujó hacia dentro en el contenedor; algunos huesos estaban tan intactos que podía distinguirse perfectamente el contorno. El hombre cogió la pala para partir los trozos más grandes. Luego el contenedor entró en una trituradora, y cuando vertieron el polvillo fino en la urna Benjamin cayó en la cuenta de que no era ceniza, como siempre había creído. Eran huesos molidos.

Los hermanos entran por la puerta del crematorio, el pequeño vestíbulo parece una recepción, tiene un mostrador detrás del cual no hay nadie. Pierre pulsa un timbre electrónico y oyen una campanilla a lo lejos. Benjamin pasea la mirada por la estancia, es como estar de pie en una vida laboral y una vida íntima al mismo tiempo, una oficina y una cafetería, con calendarios abiertos, bolígrafos mordisqueados en el mostrador, una fotografía de un equipo de hockey sobre hielo en la pared. Un hombre sale de las entrañas del crematorio. Se nota al instante que allí la muerte se gestiona de forma muy distinta a como lo hacen los directores de las funerarias, tan gráciles, que siempre van vestidos de negro y les sirven café a las viudas. Este hombre se presenta con los ruidos de un llavero cargado, lleva unos vaqueros a los que solo les queda un poco de color azul en los laterales.

—Venimos a recoger la urna de nuestra madre —dice Nils, y saca una carpetita de su funda de portátil, reparte los papeles sobre el mostrador, le entrega uno de ellos al hombre, y este empieza a picar en su teclado.

Silencio.

—Sí —dice—. Aquí la tenemos, sí. Pero aquí pone que la van a enterrar hoy al mediodía.

—No, ha habido un cambio —explica Nils—. He llamado esta mañana para cancelar el entierro.

—Qué raro —comenta el hombre—. No tengo noticia de ello.

—Me lo han confirmado.

El hombre teclea en su ordenador, se inclina hacia delante para ver mejor la información. En la habitación contigua hay una radio encendida, y más lejos se oyen golpes que resuenan, como disparos en un hangar, seguidos de voces enérgicas. Benjamin se imagina una preocupación singular que les complica las cosas, un ataúd que resulta ser demasiado grande para la boca del horno.

—¿Con quién has hablado cuando has llamado? —pregunta el hombre del ordenador—. Conmigo no.

—No me acuerdo. Pero ha sido hace un rato.

—Ya —dice—. No lo entiendo.

Nils busca otra vez entre sus papeles, saca nuevos documentos y los va exponiendo sobre el mostrador.

—Aquí está la notificación de la diputación provincial en la que pone que hemos decidido enterrar a nuestra madre por cuenta propia y que pasaríamos a recoger la urna. La he rellenado y enviado esta mañana.

El hombre detrás del mostrador no toca el papel, solo se asoma para leerlo.

—Esto no es ninguna notificación —dice—. Es una solicitud. La diputación os la tiene que aprobar.

—¿Cómo?

—No puedes venir a recoger una urna, así sin más. Primero tienes que hacer una solicitud en la que pides permiso para hacer un esparcimiento particular, especificas dónde piensas echar las cenizas, adjuntas un mapa, o una carta náutica, si va a ser en el mar. Luego la diputación analiza los datos y al cabo de una semana o así suelen mandar la notificación con la respuesta.

—No disponemos de una semana, por desgracia. Tenemos que hacerlo hoy.

—No puedo entregaros ninguna urna si no tengo la aprobación de la diputación provincial.

—¿No puedes echar un vistazo a los papeles? Se ve claramente que no hay nada raro. Vamos un poco mal de tiempo, ¿sabes?

—Ya conoces el dicho —dice el hombre, y coge todos los documentos y los amontona—. Cada cosa tiene su tiempo. Con estos temas no se puede tener prisa.

Nils se ríe, una carcajada escueta. Vuelve a meter los papeles metódicamente en la carpeta y la cierra.

—La situación es la siguiente. Hoy íbamos a enterrar a nuestra madre. Y ayer por la noche mis hermanos y yo estuvimos en su piso para ver si quedaba algo de valor que quisiéramos conservar, antes de que una empresa de mudanzas se lo llevara todo al vertedero. En el primer cajón del escritorio de nuestra madre encontramos un sobre en el que ponía «Cuando muera».

Nils abre de nuevo la carpeta y saca un sobre. Le entrega la carta al hombre.

—No hace falta que la leas entera, pero mira esto. —Señala el último párrafo—. Aquí mi madre dice claramente que no quiere que la entierren aquí. O sea, no quiere el funeral que llevo planeando y preparando a jornada completa las últimas dos semanas. No hay nadie a quien le apetezca más que a mí enterrarla aquí este mediodía, pero ahora nos vemos intentando cumplir la última voluntad de nuestra madre. Por eso debemos cancelar el entierro previsto para hoy. Y tenemos que llevarnos la urna.

El hombre mueve los labios en silencio mientras lee.

—Vaya —suelta—. Entiendo que esto os complica las cosas.

—Sí —conviene Nils—. Ha sido una noche muy larga.

—Me lo imagino —dice el hombre. Le devuelve la carta a Nils—. Pero lo siento. Sería ilegal entregaros la urna. —Apoya las manos en el mostrador. La camisa arremangada revela viejos tatuajes que parecen haberse corrido por su piel—. Es una cuestión de respeto por los muertos —añade.

Se hace el silencio en la salita. Nils baja la vista a la carpeta que tiene delante. Pierre da un paso al frente, se pega al mostrador, justo delante del hombre. Benjamin se da cuenta de inmediato, la postura corporal de Pierre, el cuello que se hunde entre sus hombros, su voz colocada al fondo de la garganta, casi como si se le atascara.

—¿Podríamos, al menos, ver un momento la urna? —dice.

—Sí —contesta el hombre—. No hay problema.

—¿Dónde está?

—En la sala de urnas. Un segundo.

El hombre hace una búsqueda en el ordenador, murmura unas cuantas cifras para sí mismo con afán de memorizarlas y luego se retira; Benjamin oye un ruido de llaves en una estancia trasera, y al cabo de un rato vuelve. La urna es verde, está hecha de cobre. Lisa y redondeada, en la tapa hay una pequeña asa con forma de antorcha. El hombre deja la urna sobre el mostrador, y después todo ocurre muy deprisa. Pierre le arrebata la urna y se la pasa a Benjamin, se abalanza sobre el mostrador y pega un salto al otro lado, derriba al hombre y se le echa encima en el suelo.

—Maldita rata —dice.

El hombre se retuerce y pone cara de dolor, intenta liberarse por la fuerza, pero Pierre lo sujeta con mano férrea, le aplasta el cuello con el brazo.

—Pero, Pierre, joder —dice Nils. Mira a su hermano, un vistazo rápido, se decide, coge la carpeta, da media vuelta y sale por la puerta—. Puto manicomio —balbucea, y desaparece.

Benjamin se queda clavado en el sitio. Ve a Nils abandonar la estancia sin poder seguirle los pasos, ve a Pierre atacar al hombre del crematorio sin ser capaz de intervenir. Solo puede quedarse ahí patidifuso contemplando los inexplicables acontecimientos que están teniendo lugar. Observa la rabia de Pierre. No sabe qué significa, no conoce la magnitud de su fuerza, no sabe de lo que Pierre es capaz. Su hermano le ha clavado una rodilla al hombre en la espalda y se inclina hacia delante, le susurra al oído:

—Nuestra madre ha muerto.

—¡Suéltame! —grita el hombre.

—¡Cállate! —le espeta Pierre—. Nuestra madre acaba de morir. ¿Y tú me estás diciendo que no podemos llevarnos sus cenizas?

Pierre debe de estar haciéndole alguna luxación, porque el hombre no puede moverse del sitio, tiene la cara pegada al suelo. Al cabo de un rato se rinde, los espasmos cesan, y a los pocos segundos se queda completamente inmóvil.

—En breve te voy a soltar —dice Pierre—. Y tú te vas a quedar aquí quieto. ¿Me oyes? No te vas a mover ni un milímetro, porque entonces te volveré a hacer daño.

Pierre lo suelta poco a poco. Se levanta. El hombre se queda en el suelo.

—Rata —escupe Pierre. Vuelve a saltar por encima del mostrador—. Vamos, Benjamin.

Pierre le quita la urna de las manos y salen los dos, aceleran el paso por el camino de grava, dejan atrás las lápidas. Benjamin ve el coche, todas las perlas de lluvia sobre la carrocería, aparcado de cualquier manera en el arcén del estrecho camino, las ruedas de la derecha sobre el asfalto, las de la izquierda sobre la tierra sagrada. Pierre abre el maletero y Benjamin mete la urna. Pasa por al lado de Nils, que ya está sentado detrás, y ve que mira fijamente el cielo de color gris cemento. Se suben y dan media vuelta.

—¿Qué hacemos con la tumba de papá? —pregunta Benjamin.

—Ahora no tenemos tiempo para eso, es muy probable que nos sigan —dice Pierre—. Pero puedo pasar con el coche ahora mientras salimos.

Benjamin coge el ramo de tulipanes que ha dejado en el salpicadero, toquetea los tallos ásperos. A papá y a mamá les encantaban los tulipanes, porque eran señal de que ya se acercaba la primavera. Cada viernes entre marzo y mayo, hasta donde él podía recordar, papá compraba un ramo de tulipanes que dejaba en la mesa para que recibieran a mamá cuando llegaba a casa después del trabajo. Ahí está el abedul más alto del cementerio, y a sus pies está enterrado su padre. Siempre lo habían tenido claro, ese iba a ser su sitio. Los hermanos se deslizan lentamente junto al árbol, miran la lápida de su padre, un bloque contundente con las pocas señas que resumen su vida.

—¿Veis el hoyo? —dice Pierre.

Junto a la tumba de su padre se abre un agujero con forma cilíndrica. Del tamaño justo para que quepa una urna. El conserje ha hecho su trabajo, está todo preparado para el mediodía, momento en el que deberían haber metido los restos de su madre. Una neblina sale del bosque, el gran abedul esparce sus hojas por el suelo alrededor del lugar y Benjamin recuerda algo de una vida pasada, en el dormitorio de mamá y papá, cajas de cartón apiladas junto a las paredes; ¿acaban de mudarse? Mamá y papá van sacando cosas de las cajas y de pronto se abalanzan sobre la cama desnuda, entre risas y compitiendo, porque ambos quieren dormir en el mismo lado, los dos en el de la derecha. Chillan y se pelean en broma, ruedan y luego se besan; Nils se ruboriza y desaparece, pero Benjamin se queda donde está, no quiere perderse nada. Cuando Benjamin mira la lápida de su padre, ve que a ella le habría tocado el lado derecho, y allí habrían permanecido los dos juntos, muertos, pero la carta de su madre lo había cambiado todo, y dentro de unas horas el conserje volverá tras recibir nuevas órdenes y tapará el agujero; culminará la traición de mamá, dejará a papá solo por toda la eternidad.

Abandonan el recinto del cementerio y al poco rato ya están de camino, un coche cargado de hermanos y un recipiente de cobre con los huesos molidos de su madre. Dejan atrás los barrios de la periferia, atraviesan los municipios del área metropolitana llenos de semáforos y se incorporan a la autovía. Alza la vista y mira el tendido de alta tensión que discurre a lo largo de la calzada. Los cables negros descienden lentamente hacia el verano del otro lado de las ventanillas del coche, luego ascienden hasta alcanzar su zénit en el punto donde quedan anclados a las enormes torres de hierro que bordean la carretera, separadas cien metros unas de otras, y después vuelven a precipitarse, como haciéndoles una genuflexión a los prados que tienen debajo.

Capítulo 17
Los fugitivos

Aquel día comenzó con la promesa de una salida en esquís. Era un domingo de marzo, dos semanas después de que Benjamin hubiese cumplido los veinte. Estaba sentado en la cocina viendo a su padre preparar el desayuno. Su padre llevaba el delantal claro en el que se podían ver las distintas manchas que se habían ido acumulando con los desayunos a lo largo de los años, tenía el pelo de cualquier manera, las gafas colgando del cordón sobre el pecho. Murmuró un «maldita sea» al soltar un huevo en el agua hirviendo tan rápido que se resquebrajó. Pasó un momento debatiéndose entre las distintas tareas cuando la rebanada saltó de la tostadora al mismo tiempo que la tetera empezaba a silbar, pero consiguió poner orden y luego salió con la bandeja al estrecho balcón de delante del cuarto de Benjamin. Este fue tras él. Aire fresco y gélido y un sol que solo calentaba cuando la brisa cesaba. Hacía demasiado frío para sentarse fuera, pero a su padre le daba igual, siempre decía que no quería perderse la primavera.

—Siéntate de cara al sol —dijo su padre—. Es tan agradable...

—No, ponte tú.

—¿Seguro?

Recuerda que estuvieron allí sentados mientras el resto de la familia seguía durmiendo, y vieron cómo los contornos de la mañana iban afilando sus líneas. Papá tomaba su té, que olía a pez y veneno y humeaba en el frío. Benjamin oteó el aparcamiento cubierto de nieve, y el bosque justo detrás, rodeando el mar. Recuerda a su padre cerrando un rato los ojos y apoyando la cabeza en la fachada del edificio, que pelaba los huevos y cada vez que abría uno nuevo Benjamin podía determinar la dirección del viento gracias al vapor que ascendía siguiendo la fachada.

—¿Hacemos algo hoy, tú y yo solos? —propuso papá.

—Genial. ¿Como qué?

—No sé. ¿Esquí de fondo?

Benjamin miró atónito a su padre.

—¿Esquí de fondo? ¿Tenemos esquís?

—Sí, claro. Aún deberíamos tenerlos. Diría que están en el sótano, en alguna parte.

Hubo un tiempo en el que su padre y él solían salir a dar paseos en esquís. Huellas blancas en bosques negros, subiendo por grandes extensiones con vistas a los valles, donde su padre quedaba tan prendado que tenía que parar un momento tan solo para contemplar el paisaje. Sacaban la bolsa de comida: sándwiches dobles con Kalles Kaviar que rezumaba por los bordes y se pegaba al film de plástico y naranjas que pelaban con dedos congelados. Y luego reemprendían la marcha, el sol bajo y polvo de diamantes en la nieve, bajaban deprisa por las cuestas, se adentraban en el silencio del bosque, vacío y muerto, pero había huellas de garras y pezuñas atravesando las marcas de esquí, como si el bosque reviviera en secreto cuando no había nadie mirando, y llegaban a casa con las mejillas enrojecidas y se echaban en el sofá y papá frotaba los pies de Benjamin con las manos como si fuera a hacer albóndigas para que entraran de nuevo en calor.

—Sería maravilloso volver a hacer esquí de fondo —dijo Benjamin.

—¿A que sí?

—Solo tú y yo.

—Sí, solo tú y yo.

Benjamin encontró los esquís de su padre en el sótano, pero los suyos habían desaparecido. Además, ¿no le irían pequeños ahora? Decidieron bajar al centro a comprar un equipo nuevo para él. Cruzaron el aparcamiento, anduvieron por la nieve de las vías peatonales rebozadas con arena y sal hasta el centro comercial, y justo a la altura de la fuente apagada, donde los sintecho solían pelearse en verano, de pronto su padre se tocó la cabeza. Se tambaleó hacia delante, caminó trazando un círculo hasta llegar al sitio donde había comenzado. Benjamin lo cogió del brazo.

—¿Qué te pasa? —le preguntó.

—Nada —contestó su padre—. Me ha empezado a doler la cabeza, de golpe y porrazo.

Su padre se quedó un momento quieto, con el ceño fruncido, mirando la nieve bajo sus pies; después se agachó para recoger el gorro que se le había caído. Entonces cayó de bruces. Benjamin se lanzó sobre él, lo tumbó de costado, intentó controlar los movimientos agitados que hacía con la cabeza.

—No sé qué está pasando —susurró su padre—. Es como si me hubiera explotado algo dentro de la cabeza.

Así fue como su padre tuvo un ictus aquella mañana.

La ambulancia llegó y Benjamin se tranquilizó ante la indiferencia que mostraron, así de lento no se actúa con alguien que a lo mejor se está muriendo. Se bajaron del vehículo, comprobaron el estado de su padre y luego abrieron con calma las puertas traseras para sacar la camilla metálica. Dejaron que se tumbara en ella, le pasaron una cinta sobre la barriga para sujetarlo. Su padre observaba todo lo que ocurría a su alrededor con los ojos como platos; uno de los sanitarios le puso una mano con cuidado en el brazo, al final consiguió captar su atención, su padre lo miró a los ojos.

—Has sufrido un ictus —explicó el hombre.

—¿Qué me dices? —respondió su padre. Como si fuera una anécdota graciosa.

Nadie podía acompañarlo en la ambulancia. Benjamin se hizo a un lado para que pudieran meter a su padre. Sus miradas se encontraron. Su padre le cogió la mano, la agitó como un banderín.

—Y nosotros que queríamos salir a esquiar —dijo.

La puerta se cerró y la ambulancia hizo maniobra y dejó atrás a los curiosos de la plaza.

Más tarde Pierre y Benjamin y su madre se reunieron alrededor de la cama de su padre en el hospital, en la planta de cuidados intensivos, y cuando llegó el médico la cosa estaba clara: había ido todo bien dentro de lo que cabía. Su padre había tenido un leve derrame cerebral y un escaneo que le habían hecho mostraba que no había sufrido ninguna lesión neuronal. Su capacidad pulmonar seguía siendo reducida, lo cual preocupaba un poco al médico: querían tener a su padre unos días en observación, pero si todo salía como esperaban, pronto podría volver a casa.

Nils, que vivía fuera de la ciudad, llegó al hospital una hora más tarde. Iba acompañado de una mujer con peluca. Benjamin sabía quién era, habían coincidido una vez, cosa de medio año atrás, cuando Nils la había llevado un domingo a cenar a casa de sus padres. «A lo mejor os parece raro lo de la peluca», había dicho ella a los pocos minutos de sentarse a la mesa. Desde luego que les parecía raro. La peluca era rubia, casi blanca, y tenía un flequillo tan marcado que no dejaba lugar a dudas de que no era su pelo natural. La mujer les había explicado que esa era la idea, en realidad. Tenía una enfermedad alopécica. En un mundo en el que la mayoría de la gente se habría avergonzado de quedarse sin pelo, ella había decidido hacer lo contrario. No sentía ninguna vergüenza en absoluto, decía. Había convertido la peluca, la caída del pelo, todo, en parte de su identidad. Hablaba deprisa y no se dejaba interrumpir, Benjamin temía que a su madre no fuera a durarle mucho la paciencia con ella. La mujer acariciaba el brazo de Nils encima de la mesa al tiempo que hablaba, lo rascaba suavemente con uñas largas. Nils fue a llenar la jarra de agua, Benjamin lo vio alejarse en dirección a la cocina, lo notó insuflado de una autoestima que no reconocía en él. Hacia el final de la cena la mujer de la peluca se la quitó sin titubear y la colocó a su lado en la mesa. No hizo ningún comentario al respecto, así que nadie más lo hizo tampoco, pero un incómodo silencio se posó como una gruesa tapa sobre todos ellos, el ruido de los cubiertos contra los platos y todas las miradas que se posaban disimuladamente en su cabeza afeitada, mientras la luz de las velas de la mesa se reflejaba en su calva. Allí estaba ella, la mujer de la peluca ahora sin peluca, en la sala más interna de la familia, detrás de todas las cámaras acorazadas, sentada a la mesa como si los límites no existieran. Puede que la mujer quisiera sacudir cimientos, o dejar huella, y puede que lo consiguiera durante un breve momento, pero cuando se hubo marchado fue como remover sirope: al cabo de un rato todo seguía igual que siempre.

La mujer de la peluca entró en el hospital de la mano de Nils, abrazó a todos los miembros de la familia. Era la primera vez que Benjamin veía a Nils en varios meses, pero a lo mejor fue gracias a ella que el encuentro le pareció más liviano de lo que se había atrevido a imaginar. Papá estaba turbado. Echó un vistazo a la mesita con ruedas que había junto a la cama, la mirada avizor, como después de las cenas de verano en la cabaña, cuando repasaba con los ojos los platos de los demás en busca de comida. Miró a sus hijos.

—La ambulancia me ha dado miedo —dijo.

—Lo entiendo —respondió Benjamin.

Pierre le ofreció el vaso con zumo y su padre sorbió pensativo de la pajita mientras miraba al techo.

—Pero los sanitarios eran majos —añadió.

—¿De qué habéis hablado? —preguntó Pierre.

—Más que nada me han hecho un montón de preguntas y me han pedido que hiciera cosas ridículas, para ver cómo me encontraba.

—¿Qué cosas?

—Me han preguntado si podía sonreír. Y podía, desde luego. Después me han pedido que estirara la mano y la mantuviera ahí durante cinco segundos. Y después que repitiera una frase muy simple, para comprobar si tartamudeaba.

—¿Qué frase? —quiso saber Benjamin.

Su padre le respondió, pero él no entendió lo que dijo.

Al cabo de un rato su padre se empezó a cansar y quiso reposar, y cuando se hubo quedado dormido la familia abandonó el hospital; mamá dijo que volvería al día siguiente. Pero Benjamin decidió hacer compañía a su padre mientras este dormía. Las horas fueron pasando y oscureció pronto, la habitación quedó en penumbra; en el borde inferior de la puerta se veía una estría cálida de luz amarilla, con sombras negras que se deslizaban cada vez que alguien pasaba por fuera. Luego su padre se despertó, se incorporó en la cama y pidió un poco más de zumo de fruta. Así pasaron aquella noche, los dos ahí sentados, mientras fuera iba cayendo una lluvia silenciosa. Quizá podrían haber aprovechado mejor aquella última conversación. Sin duda había cosas que, a posteriori, Benjamin querría haberle dicho, o preguntas que le habría hecho. Recuerdos con los que necesitaba un poco de ayuda para clasificarlos, cosas que le había oído decir a su padre hacía mucho tiempo y que él seguía sin entender. Pero no hablaron de cosas que habían pasado, nunca lo habían hecho y tampoco lo hicieron entonces, porque ninguno de los dos sabía lo que iba a ocurrir, y a lo mejor no hacía falta, a lo mejor aquel silencio era lo más hermoso que podían compartir, porque solo estaban Benjamin y papá, mamá no estaba presente y eran libres y se sentían puros, fuera del campo de atracción de su madre, como dos reclusos que habían conseguido liberarse y estaban reponiendo fuerzas tras la fuga, saboreando juntos el silencio. No hablaban, no de verdad, pero tal vez fueran felices igualmente, paseando despiertos la mirada por la habitación, y a veces sus ojos se encontraban y sonreían.

—Qué pena —dijo papá.

—¿El qué?

Su padre alzó las manos, señaló la habitación con un barrido.

—Toda esta situación.

—Sí, es una pena —convino Benjamin.

—También para nosotros dos —añadió papá. Miró a su hijo con sus ojos azules—. Justo cuando íbamos a salir de caza.

Papá dijo que estaba cansado y se tumbó de lado, y cuando llevaba una hora durmiendo sufrió su segundo derrame, solo se le vio por una fuerte inhalación que hizo y porque de pronto frunció el entrecejo y los aparatos comenzaron a pitar y la habitación se llenó de gente, y Benjamin se pegó a la pared, observando la actividad febril, y luego un médico se lo llevó al pasillo y le explicó que esta vez su padre no se recuperaría. Benjamin llamó a los demás y todos volvieron al hospital uno tras otro. Pierre fue el último en llegar, entró como un torbellino y se quedó atónito al ver que nadie estaba luchando por la vida de su padre.

—¿No hay ningún médico aquí o qué? —preguntó.

—No —respondió su madre—. No pueden hacer nada.

En pleno ajetreo, alguien había inclinado la cama de su padre, ahora estaba tumbado en cuesta arriba, con los pies por encima de la cabeza.

—¿Por qué está así?

—Es... —Su madre no dijo nada más, solo hizo

un gesto con la mano, como si eso fuera a explicarlo todo.

Nils y la mujer de la peluca estaban en las sombras, en la parte del fondo de la habitación, apoyados en la pared. La peluca era como una fuente de luz mate. Llevaba una blusa fina que se había metido por dentro de la falda, se le marcaban los pezones. También había una enfermera junto a un aparato que parecía medirle el pulso al paciente.

Benjamin se había sentado al lado de su padre en el borde de la cama, le puso una mano delicada en la cabeza. Su padre estaba cambiado, de pronto parecía más delgado, tenía las mejillas hundidas y una especie de preocupación en las cejas, como si estuviera soñando con algo desagradable. Benjamin le agitó suavemente el hombro y susurró: «Papá. Estoy aquí».

Apoyó la oreja en el pecho de su padre para oír los latidos de su corazón, cerró los ojos, vio la finca y la cabaña, el sendero que bajaba al lago. Allí está su padre, junto al cobertizo de la barca, desliando las redes; cuatro percas la han liado buena. Benjamin lo ayuda a sujetar un nudo, le pasa el cubo cuando una perca se suelta, y el sol brilla entre los abedules, salpicando de formas moteadas la camiseta blanca de su padre, que está allí concentrado y de pronto levanta la cabeza y mira a Benjamin como si se hubiese olvidado de que estaba allí. Se sonríen. «Qué bien que me ayudes», dice papá. Solo están él y su padre. Y el viento agita los abedules.

Junto al lago un caluroso mediodía. Benjamin y papá han extendido unas toallas una al lado de la otra en la orilla del lago. Acaban de darse un chapuzón y se tumban bocarriba al sol. Papá le pregunta si le puede poner una mano en el hombro. Benjamin le pregunta por qué y su padre le contesta: «Me reconforta saber que sigues aquí». Luego la mano de su padre descansa sobre él, su peso lo empuja suavemente contra el suelo, Benjamin cierra los ojos, no siente ninguna preocupación.

Anda pegado a su padre por la orilla, de camino a la sauna. Papá llama a Pierre y a Nils. «¿Queréis venir a la sauna con nosotros?» Nadie está interesado, un pequeño fuego, una llamita en el pecho de Benjamin se prende: un rato ellos dos solos, papá y él. Se meten en la sauna. «Siéntate tú en la ventana —le dice su padre—. Quiero que tengas vistas al lago.» Papá dice que hay que escuchar con atención cuando viertes agua sobre el generador de vapor, porque entonces puedes oír susurrar a las piedras, y levanta un dedo en el aire y se oye un silbido y un chisporroteo cuando el agua se evapora, y les susurra a las piedras como si fuera un apuntador: «Cuidaos las unas a las otras —murmura—. Prometedme que saldréis si la temperatura sube demasiado». Se comparan las manos, las exhiben delante de la ventana con el lago de fondo. «Soy tú», dice papá.

Benjamin estaba echado sobre el pecho de su padre, tratando de oír los latidos de su corazón, y cada pensamiento nuevo empezaba en la cabaña, y por primera vez en muchos años sintió añoranza por volver, quería bajar al lago, achicar el agua de la barca, sacarla, ver el pelo de papá agitarse con el viento. Miró el pulsómetro. El pulso de su padre estaba a 35. Benjamin no lo entendía. ¿Puedes estar a 35 pulsaciones y seguir vivo? Bajó a 34, y después a 33. La enfermera giró el aparato para que la familia no tuviera que verlo. Y unos segundos más tarde asintió brevemente con la cabeza y dijo: «Ya».

Mamá no tardó en confirmarlo.

—Papá acaba de morir —dijo.

Benjamin alzó la vista, vio a Pierre en el centro de la habitación, como si hubiese decidido acercarse a su padre y luego se hubiera arrepentido, las manos en los bolsillos de los vaqueros; en la tenue luz parecía estar sonriendo al llorar. Nils se acercó despacio. Su novia lo acompañó y se sentó al otro lado de la cama, se quitó la peluca, la dejó a un lado, se inclinó y besó a papá en la frente. Un flash penetrante iluminó la estancia por un segundo. Nils había sacado una camarita, estaba al pie de la cama y fue haciendo una foto tras otra; la habitación se iba iluminando con los repentinos destellos.

Y Benjamin miró a su padre, y fue entonces, en su lecho de muerte, cuando le vino a la mente el recuerdo de aquella misma mañana, cuando su padre le había propuesto ir a dar una vuelta con esquís, y con ese recuerdo comprendió de pronto por qué, a pesar de todo, quería a su padre con locura. La posibilidad de poder estar a solas con él. Esos momentos eran los que le habían aportado oxígeno a lo largo de los años, los que habían hecho que Benjamin siempre se mantuviera en el lado correcto de la vida. Los momentos en los que se abría una ventana, cuando existía la posibilidad de tener a su padre en exclusiva, y hacían planes juntos, comentaban entre susurros emocionados todas las cosas que iban a hacer, la fuga se aproximaba.

Ya falta poco.

Pronto seremos por fin solo nosotros dos, mi padre y yo.

Capítulo 18
6:00

Sale del centro por las calles desiertas, cruza la ciudad muy por encima de los edificios, circulando a veinte metros del suelo por los ejes viarios elevados de hormigón, cinco carriles para un solo coche. Es un vehículo de alquiler al que aún no se ha acostumbrado del todo, confunde los intermitentes con el limpiaparabrisas, todavía no le ha cogido el punto ni al cambio de marchas ni al embrague, el ruido de las revoluciones del motor cuando acelera para salir de un semáforo en rojo en el centro de la ciudad le recuerda a cuando a su padre se le escapaba la tercera y metía primera sin querer y el coche pegaba una sacudida y se ponía a rebuznar desesperado y mamá gritaba que no podía soportarlo. El campo no tarda en aparecer, con prados y cercados y vallas electrificadas que titilan discretamente con los primeros rayos de un sol que acaba de salir, lagos amaneciendo con juncos altos, de pronto un campo de cultivo de color amarillo chillón lleno de colza, que surge y desaparece, bocanadas de aire con olor a boñiga de las granjas, y las casas rojas con esquinas blancas rodeadas de campos de cereal que los tractores han cuadriculado y enmarcado a conciencia. Conduce poco menos de una hora siguiendo las indicaciones de la mujer del GPS. Su voz apática, que quizá albergue también algo más, una discreta resistencia: «¿De verdad estás seguro de que quieres hacer esto?». Benjamin cruza localidades pequeñas, carteles que anuncian mercadillos sin demasiado entusiasmo, árboles nudosos a ambos lados del camino, como una alameda eterna de una mansión, carreteras asfaltadas que llevan a carreteras asfaltadas aún más pequeñas; conduce deprisa, y al doblar una curva aparece un ciervo en mitad de la calzada. Como si lo hubiese estado esperando. Benjamin pisa el freno, los neumáticos chirrían, el coche se detiene a unos pocos metros del animal. El ciervo no se asusta, no sale corriendo al bosque repicando con las pezuñas en el asfalto. Se queda quieto donde está, mirando al asiento del conductor. Con la brusca frenada, el motor se ha calado y vuelve a ponerlo en marcha; el ciervo sigue sin reaccionar al ruido, ni siquiera cuando Benjamin aprieta el acelerador hace ademán de apartarse. Es un ejemplar extraordinario, dos metros de altura, ¿incluso más? Benjamin no sabía que los ciervos pudieran ser tan grandes. El animal sigue ahí plantado, las patas separadas, lleno de calma y sosiego, como si estuviera bloqueando el paso adrede, protegiendo algo de ahí detrás. El pelaje marrón rojizo. La gran cornamenta como árboles de invierno en la cabeza. Sus ojos adquieren un matiz muy hermoso con el sol bajo y las nubes oscuras, plomizas, flotando sobre las copas de los árboles. Hay algo especial en encontrarte con la mirada de un animal grande. Benjamin recuerda una tarde de invierno que iba en el coche con su padre y sus hermanos, el asfalto estaba blanco de humo de nieve, la carretera bordeada de bosque, abedules hinchados pegados a abetos recubiertos de nieve. De repente apareció una cría de alce en la carretera, congelado en el invierno como una instantánea. Papá iba demasiado rápido, no le dio tiempo de frenar. Le dio de pleno al alce y este salió volando por el lateral del coche y desapareció detrás del vehículo. Papá paró y salió a la nieve para ver qué había sido del animal. Los niños vieron a su padre adentrándose en la oscuridad mientras ellos se quedaban esperando en sus asientos. Las luces de emergencia teñían el bosque de amarillo. Papá volvió al cabo de un rato, no encontraba al animal. Se bajaron todos a buscarlo en el arcén y al final lo localizaron. El alce había avanzado a trompicones unos metros por el bosque, y allí estaba ahora, tendido en el suelo, Benjamin recuerda sus ojos. Estaban empañados y brillaban como si le hubiesen brotado lágrimas, parecía haber tomado una ligera conciencia de que ya se había acabado todo. No hizo ningún intento de levantarse, permaneció allí tirado mirando a los cuatro seres que lo observaban desde la calzada. Papá se fue a hurgar en el maletero del coche y regresó con un gato. ¿Qué iba a hacer con eso? Les ordenó a los niños que se dieran la vuelta, que eso no podían verlo. «Mirad al cielo —dijo papá—. Mirad las estrellas.» Y ellos alzaron la vista, sus tres bocas exhalaban vaho, y la noche era clara y faltaba mucho para la siguiente ciudad, no había contaminación lumínica y las estrellas le hacían señales a Benjamin, como si el universo tratara de captar su atención desde distintos puntos. Y fue como si todo lo de allí arriba se acercara: el espacio le tocaba las mejillas y podía oír el rumor de la Vía Láctea mientras el universo se expandía, se oía hasta allí abajo, una suerte de crujido prolongado, como cuando tensas un arco para disparar una flecha y la madera se hace de rogar. Y él, que tan a menudo se había sentido al margen de las cosas, en aquel momento sintió que todo giraba en torno a él y sus hermanos, en torno a aquel instante mientras su padre se metía en el bosque con el gato mecánico y ellos se quedaban esperando con la cara vuelta hacia el espacio sideral y sus crujidos.

Papá subió de la cuneta a la carretera, gritó: «¡Vamos, chicos!». Regresó al coche con paso apresurado, tiró la herramienta al maletero. Benjamin echó un vistazo al lugar donde la cría de alce se había echado para morir, pero ya no vio el brillo de sus ojos. Luego, de vuelta en el coche, sus hermanos y él permanecían callados en el asiento trasero y papá golpeó dos veces el volante con manos ensangrentadas, y lloraba, iba sollozando como un crío, todo el camino hasta casa.

Benjamin se baja del coche y se acerca poco a

poco al ciervo, que echa un vistazo al bosque y luego vuelve a dirigir la mirada a él. Le deja acercarse. Benjamin le pone una mano con cuidado en el hocico. El animal permanece en el sitio, lo mira directamente a los ojos, respira con calma, arroja aire caliente que toca los dedos de Benjamin. El aire fresco de la mañana se ha calentado en los pulmones del animal. Recuerda aquella vez que casi se ahoga en el agua helada y se desmayó y se despertó por el agua caliente que le caía en las manos. Era agradable, quería más, quería que el agua siguiera calentándolo. Más tarde comprendió que había vomitado el agua que le había entrado en los pulmones y que por eso estaba caliente: los pulmones la habían calentado antes de expulsarla.

El ciervo suelta un resoplido en la mano de Benjamin y después se retira, primero da unos pasos inseguros por el asfalto, pero cuando llega a la cuneta, la cruza y sale al trote, zigzagueando con soltura entre los árboles. Un poco más adentro se detiene y vuelve la cabeza. Mira a Benjamin y reemprende la marcha. Él sigue al animal con la mirada hasta que desaparece. Se mete en el coche y continúa su camino, y la mujer del GPS, que ha atestiguado el drama sin aliento y en silencio, retoma sus sugerencias en voz baja, y al cabo de un rato suena más forzada, derecha y luego izquierda y después de nuevo derecha y entonces Benjamin llega a la casa de su hermano mayor. Mira la vivienda, que está rodeada de una valla pintada de blanco. Toca el claxon dos veces, le parece ver un movimiento en la ventana junto a la puerta. Nils lleva varios años viviendo ahí, pero es la primera vez que Benjamin va. Es más pequeña de lo que se había imaginado, una casa de ladrillo de una sola planta, con un pequeño jardín delante. Un manzano solitario en él. Nils sale al cabo de un rato con una bolsa de deporte al hombro y una de plástico que Benjamin reconoce de ayer: son las empanadillas congeladas que encontraron en el congelador de mamá. Nils lleva también un cuenco en una mano. Se detiene en el escalón del pequeño porche y da un silbido, y al poco rato aparece una gata caminando pegada a la fachada. Nils se agacha y deja el cuenco en el suelo. La gata da una vuelta a su alrededor, lo olisquea una vez y luego se va. Qué gorda se ha puesto. Benjamin recuerda cuando la adoptaron en una protectora de animales a las afueras de la ciudad. Se enamoraron al instante. Intentaron definir el color que tenía, y la que llevaba la protectora, una señora tosca y sonrojada y que parecía estar inflamada toda ella dijo que el color de la gata era «café cortado con demasiada leche», y Benjamin se rio porque no podría haber acertado más. Nils baja hasta el coche, mete el equipaje en el maletero y la bolsa llena de comida en el asiento de atrás, y después se sienta de copiloto.

—Al menos tenemos comida de sobra —comenta Benjamin.

Nils mira fugazmente a su hermano, como para amarrarlo en un instante, y este sonríe y Nils se ríe y se pasa la mano por el pelo.

—Con las empanadillas es lo que pasa, si te comes una, luego quieres otra —dice.

Benjamin observa la casa, ve a la gata acercándose de nuevo al cuenco de comida.

—¿Va todo bien? —pregunta Nils.

—Sí —dice Benjamin—. He visto un ciervo.

—¿Un ciervo?

—Sí. Estaba en mitad de la carretera y he tenido que frenar en seco, he parado el coche a tan solo unos metros.

—Vaya.

—Sí, podría haberla liado gorda.

El silencio entre los hermanos, un leve zumbido del aire acondicionado. Benjamin tiene las dos manos en el volante. Una pared de nubes oscuras se acerca por un cielo azul claro. Se mete en el acceso del garaje de Nils y da la vuelta con el coche, deshace sin prisa el camino por el que ha llegado.

—*Cuando sea posible, dé la vuelta* —dice la mujer del GPS.

Pero ya es demasiado tarde para eso. Ahora ya no puede escaparse de esto, ya no puede detener lo que se ha puesto en marcha.

—Bueno, pues a por ello, ¿no? —dice Benjamin.

—Sí, a por ello —contesta Nils.

Y parten en la temprana mañana, van dejando atrás casas cuyos habitantes aún siguen durmiendo, y cuando llegan a los caminos abiertos que se abren paso entre los campos de cultivo Benjamin descubre que han puesto rumbo directo al temporal. Las nubes de tormenta son muy bajas, como si la lluvia las hubiese hecho descender por el peso de la carga. Allí aún brilla el sol, pero se ve claramente: en la ciudad reina el caos. Benjamin mira la hora. Lleva una vida entera sin quehaceres, y de pronto todo ocurre a la vez, tiene que meter tantas cosas en un mismo día pero dispone de tan poco tiempo... Justo al doblar una curva ve dos marcas negras en el asfalto, aminora la marcha, se ubica y grita:

—¡Es aquí!

Nils, que ha estado sumido en su teléfono, alza la vista. Benjamin da marcha atrás hasta que las marcas negras quedan delante del capó.

—¡Aquí es donde he frenado! Cuando lo del ciervo.

—Joder —dice Nils. Se inclina hacia delante para ver bien—. Un señor frenazo.

Benjamin ve las dos líneas simétricas en la carretera. Mira al bosque. Se lleva los dedos a la nariz, se olfatea las yemas; aún conservan un leve olor al animal. Luego acelera de nuevo.

—Has pasado —murmura entre dientes.

—¿Cómo dices? —pregunta Nils.

—No es nada.

Pero sí lo es. Porque en cuanto el ciervo se ha metido en el bosque, Benjamin ha empezado a dudar de si el encuentro había tenido realmente lugar o si solo se lo había imaginado. No lo sabía, no era capaz de decirlo con seguridad, y cuando hace un rato se ha oído a sí mismo contárselo a Nils no terminaba de creérselo del todo, no le parecía que sonara verosímil. Y al salir de casa de su hermano estaba convencido: se lo había inventado todo. Pero acaba de ver las marcas del frenazo, como si la realidad quisiera mandarle un mensaje mediante las señales del asfalto: ha pasado. En el coche, con su hermano al lado, el sol en la espalda y el temporal enfrente, en un silencio con el que no tiene que luchar, se siente libre de toda preocupación por primera vez en mucho tiempo.

—Me alegro de que vayamos a hacer esto —dice Benjamin.

—Yo también —conviene Nils.

Enciende la radio, está sonando una melodía que reconoce y empieza a marcar el ritmo en el volante con el pulgar. Se acercan a la gran ciudad, circulan a mucha altura por los ejes viarios, todavía solos, como si hubiesen construido los cinco carriles solo para ellos, para procurar que tengan vía libre en este viaje tan importante, y en la ciudad los dueños de las cafeterías van subiendo las persianas metálicas y retirando los cables de acero del mobiliario de exterior, y los hermanos aparcan delante del portal de Pierre y esperan un rato. Al final Nils tiene que llamarlo por teléfono, y a los pocos minutos Pierre baja con una pequeña mochila y una funda de traje, y lo mete todo en el maletero.

—Tiempo de mierda aproximándose —comenta cuando se sube al coche.

—Muy bien formulado —dice Nils—. Sin duda.

—Gracias —responde Pierre.

Benjamin se ríe.

Se ponen en marcha, pasan con cuidado junto a los coches aparcados en doble fila. Pierre toquetea su teléfono, le pide a Benjamin que lo conecte por *bluetooth* al coche, y luego pone una canción que este reconoce en el acto.

—He pensado que podría ser la banda sonora del viaje —dice Pierre, y esboza una sonrisita.

Es Lou Reed, y Benjamin sonríe al pensar en todo lo que van a hacer, el enorme peso que tienen por delante, y cómo la música que suena en el coche conecta a los hermanos, protegidos por la ironía, mientras van cantando juntos. Y cuando se acerca el estribillo llenan los pulmones de aire, Pierre grita «¡Dale volumen!» y baja la ventanilla, y los tres cantan sonriendo sobre qué día tan perfecto hace. Pierre levanta las manos en el aire y hace la señal de victoria, Nils más contenido, cómo no, pero Benjamin lo mira y ve que está cantando a viva voz.

Observa a sus hermanos, piensa que los quiere.

Cruzan la ciudad en dirección sur, hacia el cementerio, tres hermanos de camino a recoger los restos de su madre, y la canción suena por los altavoces de mala calidad, llenando la desolada mañana; un semáforo se pone rojo de repente y Benjamin pisa el freno con fuerza.

—¡Eh! —grita Pierre—. Con cuidado.

—No queremos más movidas —dice Nils.

Pierre levanta los ojos de su móvil.

—¿Cómo? —pregunta—. ¿Cómo que más movidas?

—Esta mañana Benjamin ha estado a punto de atropellar a un ciervo.

—No jodas —suelta Pierre.

—Me ha ido de un pelo —confirma Benjamin.

Piensa otra vez en el ciervo, el singular momento que han tenido en la carretera. Cuando ha hecho un alto en el bosque y se ha vuelto para mirarlo, como si estuviera esperando a Benjamin, como si quisiera que lo acompañara.

—¿Os acordáis de la cría de alce de cuando éramos pequeños? —pregunta Benjamin.

—¿Qué? —dice Nils.

—Cuando papá atropelló un alce —explica—. Y lo estuvimos buscando y lo encontramos en el bosque. Y papá lo mató.

La canción se ha terminado, el coche queda en silencio. Pierre mira por la ventana.

—¿Papá atropelló un alce? —pregunta Nils.

—¿En serio no te acuerdas? Nos hizo quedarnos en el arcén, mirando las estrellas del cielo. Y luego estuvo llorando todo el camino hasta casa.

Nils baja la cabeza a su teléfono, va abriendo una ventana tras otra, pasando menús. Benjamin mira atónito primero a Nils y después a Pierre por el retrovisor, su hermano pequeño carraspea suavemente y aparta la vista.

—¿No os acordáis? —insiste.

Ninguno responde.

Un coche le pita detrás. Se ha puesto verde. Benjamin mete primera y acelera, el mundo oscurece, entorna los ojos para poder ver la calle. El cielo abre compuertas y una lluvia demencial cae sobre el coche, y poco después llega el viento. Benjamin ve los avisos en la repentina oscuridad que se cierne, en las banderolas que azotan las astas de las fachadas de los hoteles y en la postura de algún peatón que se inclina contra el temporal mientras camina por la acera. Es un viento que parece dispuesto a llevarse la ciudad por delante, una tormenta merecedora de un nombre de persona.

Capítulo 19
El regalo de cumpleaños

Mamá vivía en la calle más ruidosa del centro de la ciudad. Cuatro carriles de ancho, una lengua asfaltada que se abría paso entre los bloques de pisos, los camiones paraban en el semáforo de debajo de casa y liberaban presión. Los autobuses de gasoil se acumulaban en la parada, los macarras de la boca del metro les daban pataditas a las papeleras. Miles de chicles en las baldosas de la acera. La escalera mecánica siempre estropeada, o fuera de servicio, según el cartel rojo que habían pegado con celo en la goma negra. Los conductores de taxis ilegales te perseguían soltando propuestas de posibles destinos en sueco macarrónico. Las terrazas de los restaurantes con toldos expuestos a las constantes turbulencias que generaba el tráfico. Benjamin estaba esperando a que se pusiera verde, miró hacia las dos ventanas de su madre en el primer piso. Podía ver globos negros de helio en el techo interior, con hilos que colgaban en el aire. Creyó vislumbrarla en la ventana de la cocina, su figura inclinada sobre la encimera, a lo mejor era ella. Aún la veía rara. Parecía una extraña, alguien que fingía vivir allí, que simulaba estar ocupada con algo en la cocina. Papá odiaba el centro, solo iba para comprar algo al mercado, y siempre volvía a casa igual de alterado y de mal humor. Que mamá se hubiese mudado allí no dejaba de parecer hecho adrede como protesta contra su padre, o por lo menos un cobro por la vida que había vivido con él. Apenas una semana después del entierro, mamá había puesto el piso a la venta y había informado a sus dos hijos pequeños que a lo mejor era un buen momento para que se buscaran un sitio propio donde vivir. Quería mudarse lo antes posible, como si estuviera diciendo que siempre había estado presa de las elecciones de papá y, ahora que era libre, por fin podría vivir la vida que quería. Los viejos muebles de la familia los tiraron o almacenaron, no cabían en el pisito de una habitación al que se había trasladado. La colección de libros de papá, fuera, toda la cálida pared cubierta de libros en el dormitorio de papá que tanto toqueteaba cuando estaba vivo. La primera vez que Benjamin fue a ver el piso de su madre se paseó por él en silencio; no era capaz de mirar lo que había conservado, solo podía pensar en todo aquello que no se había llevado de la otra casa.

Benjamin pulsó el interfono, a pesar de saber lo mucho que le molestaba a su madre que no se supiera el código de la cerradura digital. Al cabo de un rato se oyó un zumbido y la puerta se abrió. Benjamin caminó hasta el ascensor bajo la fría luz del portal. Su madre llevaba tres años viviendo allí, de vez en cuando invitaba a Benjamin a comer o a cenar con aire cortés, conversación discreta entre un bocado y otro y silencio roto por el ruido de los cubiertos, y a la hora del café su madre se ensimismaba, cogía el periódico y sacaba un bolígrafo. Fumaba cigarros mientras iba apuntando cosas al margen de los anuncios de viajes, murmuraba los destinos en voz alta. «Lanzarote, no. Tenerife, no. Sharm el-Sheij... Marruecos, ahí ya he estado. A lo mejor sería divertido.» Y se decidía, se iba de viaje apenas unos días más tarde, reservaba un asiento, siempre ella sola, y volvía al cabo de una semana, y en alguna ocasión Benjamin era capaz de preguntarle con timidez qué hacía durante esos viajes, y mamá decía: «No sé». Se tumbaba a tomar el sol, decía, y si tenía suerte conocía a alguien agradable con quien charlar un rato, pero otras veces estaba siempre sola. Un día regresó y dijo que no había hablado con absolutamente nadie en todo el viaje. Benjamin pensó que debería resultar vergonzoso contar algo así, una señal de fracaso o soledad, pero en ese aspecto su madre carecía de prestigio. Casi se alegraba, se mostraba entusiasmada ante la idea: ¡no había usado la boca para hablar en siete días! Y volvía a sentarse ahí con el periódico en la mano, morena, en busca de nuevos destinos. A Benjamin siempre le parecía penoso y raro que nunca le preguntara si no se animaba a acompañarla alguna vez en alguno de sus viajes, pero a ella debía de parecerle de lo más natural, se daba por hecho que iba sola. Sus breves comidas, cargadas de silencio. Cada vez que él iba a verla, luego se marchaba rápidamente a casa para ir al baño, siempre con dolor de tripa después de cada encuentro. Se pasaba mucho rato sentado en la taza, en silencio, dejando que los calambres se fueran sucediendo en su estómago.

Era como si siempre estuvieran alerta el uno con el otro, excepto cuando bebían. A lo mejor aquellas tardes en las que se sentaban en alguna de las terrazas de la calle y tomaban cerveza juntos eran los únicos momentos en que podían relajarse ante la presencia del otro. Picaban algo y bebían hasta emborracharse; cuando el restaurante cerraba, cruzaban la calle dando tumbos y se metían en el pub. Allí empinaban el codo a conciencia, más concentrados. Se sentaban entre chavales jóvenes, estudiantes atraídos por la cerveza barata y el exiguo control de edad. Música alta, y los ojos de mamá empañados y su voz cortante; se volvía drástica y un poco descuidada, se refería al dueño del colmado como «el moro de la esquina», iba soltando prejuicios, consciente de la gracia que podía tener su descaro, y Benjamin le seguía el rollo, sabía meterse también en ese papel; las conversaciones más distendidas las habían tenido allí en el bar, cuando intercambiaban trivialidades y chismorreos, y bebían y bebían hasta que sus pieles se endurecían y dejaban de sentir la corriente fría que entraba por la puerta. Ella nunca jamás, ni siquiera cuando iba borracha, mostraba su tristeza, y nunca le preguntaba a Benjamin por la suya. Solo hubo una única ocasión, después de una de esas noches en las que habían estado empinando el codo con especial ahínco y no habían vuelto a casa hasta pasadas las dos de la madrugada: Él se sentó en el váter en cuanto llegó a casa, vació su estómago inquieto y le llegó un mensaje de su madre.

«No estoy segura de si quiero seguir», le había escrito.

«¿Seguir con qué?», le había preguntado Benjamin.

Ella no le había contestado, y él se quedó en la cama tratando de comprender, le fueron viniendo imágenes de lo que podían implicar aquellas palabras.

Ahora Benjamin llamó al timbre de la puerta, oyó el repique de los tacones en el suelo, que se ahogó cuando su madre pisó la alfombra del recibidor, y la puerta se abrió.

—Hola, cielo —le dijo, y se dieron un abrazo.

Él pudo notar el olor del espray de baño que su madre había echado en todo el piso para deshacerse del olor a tabaco. Un aroma de frutas tropicales y cigarros. El piso estaba a oscuras, velas encendidas por todas partes. Benjamin se quitó la chaqueta, echó un vistazo. Algunos invitados más, una mujer de mediana edad cargada de joyas, pendientes pesados que tiraban de sus lóbulos hacia el suelo, una vieja compañera de trabajo de su madre, por lo que Benjamin había entendido. Y una mujer en calcetines, vestida de negro, la vecina del tercero, le explicó su madre. En el sofá había un grupo de personas que no se parecían entre ellas, pero que sin duda iban juntas. Benjamin se presentó, y ellos le explicaron que eran del grupo de salsa en el que bailaba su madre. Lo miraron con interés, sonriendo, valorando su presencia, lo seguían con los ojos, y Benjamin sintió una especie de alegría de que lo hicieran, quizá porque sabían quién era él: mamá se lo había contado. En cambio, a él le había hablado muy poco de las clases de salsa. Recordaba que en Navidad se había encontrado un papelito en el buzón remitido por un grupo de salsa que estaba buscando entusiastas. Su madre había ido para probar, pero Benjamin no estaba al tanto de que hubiera continuado bailando. Su madre se sentó en el sofá, llenó las copas de vino de sus compañeros de baile. Benjamin vio a Pierre de pie junto a la ventana y fue a ponerse a su lado.

—La peña no ha venido en tropel, que digamos —susurró Pierre.

—Son puertas abiertas —dijo Benjamin—. No sabemos cuánta gente ha pasado ya y se ha ido.

—Es verdad. Y la mesa de regalos está hasta arriba.

Benjamin miró los tres paquetes. Se rio.

—¿Cómo ha ido con nuestro regalo? —preguntó.

—Todo en orden, Nils lo trae, llegará en cualquier momento.

Su madre había preparado canapés de salmón y queso de untar que estaban servidos en una fuente en la mesa, y pequeñas tartaletas rellenas de gambas con mayonesa y eneldo. Una bandeja con varias botellas de vino espumoso y copas de cava. Benjamin paseó la mirada por la sala. Hasta ese momento, que había personas desconocidas, no había podido ver el piso desde fuera. Los autores judíos en la pequeña librería. Una fotografía de un premio Nobel de literatura en la pared. Intentos de burguesía académica que reconocía de su infancia. Los hermanos habían recibido una educación de clase alta que, de alguna manera, había tenido lugar en un contexto de ingresos de subsistencia. Criados como nobles, educados para tener siempre la espalda erguida, bendecir siempre la mesa antes de comer y estrecharles la mano a papá y a mamá al terminar la comida. Pero no había dinero, o mejor dicho: en los hijos invertían muy poco dinero. Y la formación académica fue poco entusiasta, la empezaron a bombo y platillo pero nunca llegaron a completarla. Los niños no salieron tan refinados como sus padres, lo cual daba pie a historias graciosas, anécdotas de cómo los críos no entendían las peculiaridades de las que estaban rodeados. La preferida de su madre: las veces que mamá preparaba *crudité*, el plato francés a base de tubérculos y hortalizas crudas acompañados de diferentes salsas para untar, y los niños se pensaban que hacía «té especiado», que era a lo que sonaba el galicismo en fonética sueca. Esto fue en los primeros años, cuando los chiquillos eran muy pequeños, y cuando mamá y papá aún tenían energía y fuerza de voluntad. Cuando el proyecto familiar estaba en pleno auge. Pero luego casi todo desapareció. Las cosas dejaron de funcionar. Las cenas se fueron desvaneciendo poco a poco, de forma imperceptible, y cuando quedaron definitivamente erradicadas ya nadie pensaba siquiera en que habían desaparecido. Cada tarde a las seis los niños ponían rumbo a la cocina y se preparaban unos sándwiches para cenar, que después se comían en silencio en la cocina acompañados de leche con cacao. La única que mantenían era la cena del domingo, cuando mamá hacía un esfuerzo, se ponía a los fogones y dejaba caer gotas de soja en la salsa de nata hasta darle el color adecuado. Cenas con mucho vino, pero en general eso no se notaba excepto por la manera en que mamá y papá se volvían taciturnos, callados, ensimismados. Alguna vez, cuando ya habían terminado de cenar, mamá podía gritar de repente «¡Pero qué es esto!», si los hermanos dejaban los vasos en los platos vacíos y comenzaban a retirarse de la mesa. «No pensaréis iros de la mesa sin dar las gracias por la comida, ¿no?» Y entonces los niños tenían que acercarse desconcertados, uno tras otro, y darles la mano y hacer una reverencia, los vestigios de una época que ya apenas recordaban.

Una mujer de mediana edad se levantó del sofá e hizo tintinear dos copas de cava. Dijo que ella no ocupaba ninguna posición oficial en la asociación de salsa, pero que hablaba por todos los miembros cuando decía que apreciaba mucho la presencia de mamá los jueves. Eran poquitos, y no se podía decir que fueran referentes mundiales del baile latino en cuestión, pero se lo pasaban bien, y a lo largo del año se habían convertido en un grupito bastante unido, y estaban tan contentos de poder ir a casa de mamá y celebrar su cincuenta aniversario, y le tenían preparado un pequeño regalo de parte de la asociación, dijo mientras trajinaba con una bolsa que había dejado al pie del sofá. Porque, dijo, «eres una "salserita" de los pies a la cabeza —remarcando cada vocal—, y esto es de parte de todos y todas, también de Larsa y de Yamel, que no han podido venir a celebrarlo, lamentablemente». La mujer le entregó un paquetito y a mamá le titilaron los ojos al decir «Vaya», y arrancó el papel y sacó una falda negra brillante que se puso en el acto por encima de la cintura.

—¡Me he mirado una de estas tantas veces! —exclamó, y giró sobre sí misma para mostrarles la prenda a todos los presentes.

—Y supongo que ya te imaginas lo que significa, ¿no? —dijo la mujer—. Queremos ver un bailecito.

Al instante vítores y jaleo, protestas sonoras por parte de mamá y gritos desde el sofá, y al cabo de un rato terminó cediendo, se metió en el dormitorio para cambiarse. Murmullos en el sofá, Pierre se volvió hacia la ventana, hurgó en sus bolsillos en busca del tabaco. Benjamin miró a los compañeros de baile expectantes, las caras desconocidas que habían intimado tanto con su madre, y pensó que a lo mejor se había equivocado. Creía que su madre había dejado de vivir, pero tal vez solo había dejado de vivir con él, con su familia.

Su madre salió con la nueva falda puesta, de cintura baja y corte alto, y fue recibida con un pequeño júbilo. Un segmento de carne descubierta entre la falda y la blusa ceñida, una franja de piel blanca perteneciente a la barriga. Benjamin vio las pequeñas marcas, las cicatrices de sus cesáreas. Le vino un recuerdo de cuando era pequeño: estaba tumbado con mamá en un sofá o en una cama, ella le enseñó los tajos que tenía justo debajo del ombligo. «Esa es de Nils —dijo señalando con el dedo—. Y esa es de Pierre. Y esa pequeñita de ahí es la tuya.» Benjamin palpó con cuidado las pequeñas hendiduras de la barriga de su madre con la punta del dedo, notó el calor de su piel.

Su madre se acercó al aparato de música que había en la librería, cambió un cedé por otro, el salón estaba en silencio absoluto. La música empezó a sonar, una sensación de que había demasiados instrumentos tocando al mismo tiempo, como un tejido de ritmos diferentes que intentaban pillarse el uno al otro. Su madre se acercó a la gran alfombra en el centro del salón, hizo un alto al pasar junto a la mesa con comida, tomó un trago de vino de una copa y se colocó en su posición de salida, las dos manos en la cabeza, como si se estuviera arreglando un moño. Y entonces dio los primeros pasos, y unas cuantas exclamaciones de entusiasmo se oyeron en el sofá. Su madre se metió en el papel, se convirtió en otra persona. Levantó las rodillas, dio unos pasos hacia delante y hacia atrás, las manos estiradas en los costados, y luego comenzó a mover las caderas, el torso inmóvil y la cintura cabalgando en el aire, movimiento que quedó reforzado cuando giró sobre sí misma haciendo una vuelta completa, y Benjamin no se percató hasta al cabo de un rato, en la tenue luz: su madre tenía los ojos cerrados. Al principio pensó que estaba bailando como delante de un gran público, que se estaba imaginando una pista de baile bañada por la luz de los focos que la iluminaban desde distintos ángulos, con un mar negro de espectadores a su alrededor, pero enseguida comprendió que era todo lo contrario. Su madre bailaba como si no hubiera nadie en la sala, como cuando era pequeña: en su cuarto, encima de la cama, hacía los movimientos para sí misma, sumida en su propia soledad, y esa era la razón por la que era tan libre en ese momento, porque aún no había pasado nada. Su madre abrió los ojos, miró a Benjamin y le tendió una mano, y lo sacó a bailar. Él se ruborizó al instante, se resistió un poco, pero mamá estaba decidida. Sus rodillas flexionadas, los muslos blancos que titilaban debajo de la falda. Cerró los ojos, volvió a bailar sola, ensimismada, y él dejó de moverse al ritmo de la música; se quedó allí de pie delante de su madre, contemplando sus movimientos de ensueño, y de repente ella lo miró de nuevo, lo cogió de la mano y lo hizo rodar entre sus brazos. Hacía muchos años que no estaban tan cerca el uno de la otra, desde que Benjamin era pequeño. Sentir su abrazo, un fino hilo entre ellos dos que no se había roto, un sentimiento de echarla de menos que no había cesado. Percibió su olor, su aliento en la oreja, allí estaba él, de nuevo junto a su madre. No la quería soltar.

Con severidad y como con gesto de reproche, su madre lo apartó y volvió a sumirse en sí misma. La canción terminó y toda la sala estalló en aplausos, y mamá hizo un gesto hacia Benjamin, como para reconocer también su aportación al momento. Se desplomó sobre el sofá exhausta, feliz, dejó que le sirvieran una copa.

Pierre le enseñó a Benjamin un mensaje de Nils: «Fuera». Los dos salieron. Allí estaba su hermano mayor, delante de la puerta, con su gran anorak y un gatito entre los brazos.

—¿Has traído el lazo? —preguntó Nils.

Pierre se sacó una cinta de seda rosa del bolsillo de atrás, y cuando comenzó a envolver al animal como si de un paquete se tratara, este opuso resistencia, puso las patas tiesas, sacó las zarpas. Los hermanos habían quedado la semana anterior en una protectora a las afueras de la ciudad, se habían paseado entre las jaulas y los tres habían quedado prendados por ese ejemplar de color crema. Cuando Benjamin vio ahora al gatito entre los brazos de Nils, le dio la impresión de que era más pequeño que como lo recordaba, tan pequeño que apenas le parecía de verdad, porque no podía haber gatos tan pequeños, ¿no? Pierre hizo el lazo.

—Esperad aquí, primero diré unas palabras —le dijo Pierre a Nils.

Benjamin y Pierre volvieron adentro, se quedaron en el umbral de la sala de estar. Pierre se aclaró la garganta, y al ver que nadie se había enterado carraspeó más fuerte, despejando los senos nasales. Las conversaciones en el sofá se silenciaron, las miradas se dirigieron todas a Pierre.

—¿Qué se le regala a una mujer que lo tiene todo? —exclamó—. Es algo en lo que mis hermanos y yo hemos pensado mucho de cara a este día. Ya lo sabemos: ¡ella no quiere trastos!

Alguien se rio en el sofá. Su madre estaba ahora sentada con la espalda rígida, alerta.

—Así que hemos pensado que no iríamos por ahí. No le regalaremos ningún trasto. Le regalaremos algo que tiene valor real.

Llamó a Nils, que surgió de la oscuridad del pasillo con el gatito entre los brazos. Un murmullo en el sofá, mamá no entendía, no sabía lo que estaba viendo. Nils se acercó a ella y le entregó el animal, lo dejó con cuidado en su regazo.

—Qué preciosidad, me muero —dijo alguien entre los invitados.

Mamá miró el gatito. Se rio y soltó un chillido de entusiasmo.

—¡Estáis locos! —gritó—. ¿Es para mí?

Los hermanos asintieron con la cabeza.

—Primero queríamos regalarte un perro —explicó Pierre—. Pero luego pensamos que, a lo mejor, aquí en la ciudad sería más fácil tener un gato.

Y entonces la encontramos a ella y sentimos que...
—Se inclinó sobre la gata y le acercó un dedo al hocico—. Sentimos que era para ti.

—Por Dios —murmuró su madre apoyando la mano con suavidad sobre la cabeza de la gata. Se la puso en la barriga—. Es preciosa.

Parecía estar yendo bien. No siempre había sido así. Mamá solía estar irritada en su cumpleaños, no quería celebrar nada con nadie. No se sentía especialmente querida, decía, y no le apetecía que la gente lo fingiera una vez al año. Pero la familia lo intentaba, en un esfuerzo impetuoso pero siempre desmañado por hacer feliz a mamá. Una vez papá le regaló un curso para dejar de fumar, y ella se sintió tan humillada que interrumpió el cumpleaños y se fue a la cama. Benjamin recuerda el año que papá lo ayudó a comprar un neceser para su madre, y cuando ella abrió el paquete sospechó que no era Benjamin quien lo había pagado, sino su padre, y se lo echó en cara a su hijo. Pero esto parecía haber funcionado. Mamá estaba como hechizada, estaba sentada con la cabeza inclinada sobre el gatito, le acariciaba el pelo con la mano.

—Y hemos pensado... —Pierre hizo una pausa para crear emoción—. Hemos pensado que la gata podría llamarse Molly.

Benjamin miró rápidamente a Pierre. Pierre asintió satisfecho con la cabeza y observó a su madre. Sus intenciones no eran malas. Solo era un lapsus, Benjamin lo entendía, algo que le había salido en ese momento, al ver que el regalo era un éxito y que ese éxito podía alargarse, que el vacío en su pecho podía llenarse más deprisa con aún más amor de parte de su madre, que podría meterse todavía más en su corazón.

Lo había hecho sin querer.

Mamá apartó la vista de la gata.

—¿Qué has dicho? —preguntó.

—Como un tributo —añadió Pierre, ahora con cierta inseguridad en la voz.

—Eso no lo hemos acordado para nada —señaló Benjamin tajante. Se volvió hacia Pierre, bajó la voz—: ¿Qué estás diciendo?

—¿Sabéis qué? —dijo mamá, y miró a los tres hermanos. Se detuvo, se echó a llorar, alguien del grupo de baile le puso una mano en la espalda. Ella volvió a alzar la cabeza, Benjamin vio el cambio: la pena tornándose rabia—. Ya os podéis marchar. —Su madre se levantó, dejó a la gata en el sofá y salió del salón.

Había tanto silencio que Benjamin pudo oír a su madre en la cocina, su sollozo, la cerilla raspando la lija cuando se encendió un cigarro. Él estaba de pie delante de la gente sentada en el sofá, la mirada en el suelo. Y luego pasó, sin más. No fue una decisión consciente. Simplemente le salió. Se vio envuelto por una oscuridad repentina, como en las películas, cuando el ladrón de diamantes está en plena faena y salta la alarma y las rejas de hierro caen con un restallido y bloquean todas las salidas. Benjamin notó que se le aceleraba el corazón, las rejas iban cayendo una tras otra, y en la oscuridad pudo identificar un sentimiento hacia su madre al que nunca en la vida había osado darle espacio. Ira. Una pequeña chispa era lo que hacía falta, una chispa para prenderle fuego a todo.

Se dirigió a la cocina, se plantó en el umbral de la puerta.

Su madre estaba sentada a la mesa. El maquillaje se le había corrido debajo de los ojos, volviéndolos oscuros.

—A Molly no la puedes olvidar, pero a nosotros nos has olvidado hace tiempo.

Ella miró estupefacta a Benjamin. Nunca le había alzado la voz. Notaba las lágrimas ardiendo detrás de los párpados, se maldijo a sí mismo, no quería ponerse a lloriquear. No quería estar triste, quería estar enfadado.

—¡Estamos aquí! —gritó—. ¡Nils y Pierre y yo! ¡Estamos aquí!

Su madre no dijo nada. Y entonces, a pesar de todo, llegó la respiración entrecortada, el llanto. Benjamin se tapó la cara con las manos, luego dio media vuelta y puso rumbo a la puerta. Cruzó el salón en silencio y se fue.

Al llegar a la calle se quedó de pie delante del portal. Esperó un rato a sus hermanos, seguro que bajarían enseguida. Tras unos minutos, echó a andar. Pasó junto a las terrazas de los restaurantes y cruzó un paso de peatones. Al otro lado de la calle miró al piso de su madre, pero no vio a nadie, solo los globos de helio pegados al techo, como ojos tristes que oteaban afligidos el salón que se abría bajo ellos. Benjamin bajó la vista hacia el portal. «¿Dónde están mis hermanos?», pensó.

Siguió caminando en paralelo al tráfico frenético, las bolsas de plástico que revoloteaban en la acera, la porquería desplazándose hacia el norte, incluso la basura quería alejarse de allí. Benjamin se dirigió a la boca del metro. Se volvió para mirar una vez más, oteó la fachada allí al fondo.

«¿Dónde están mis hermanos?»

Capítulo 20
4:00

La habitación se encoge.

Cierra los ojos y es posible que esté durmiendo, eso cree porque cuando los vuelve a abrir hay más luz en el dormitorio. Mira por la ventana, en lo alto de la fachada del edificio de enfrente puede ver un atisbo del sol. Un rinconcito amarillo en el hormigón gris. A lo largo de su vida ha visto más salidas de sol que puestas. Todas las mañanas de verano en las que estuvo en la cama viendo el crepúsculo surgir de la oscuridad al otro lado de la ventana como en una pesadilla, y primero se volvía azul y luego lechoso y luego los primeros rayos de sol aparecían en las copas de los árboles. Solía acercarse a la ventana para mirarlo, maravillado porque al principio le parecía una imagen singular que presenciar, le despertaba reticencia, el sol estaba en el lugar equivocado, brillaba desde el lado que no tocaba, iluminaba el mundo en ángulos raros. Pero ahora la salida del sol la vincula a tantas otras cosas: hace quince días que mamá murió y, desde entonces, él sigue sin haber dormido más allá del amanecer. Cuando la terapeuta le preguntó a Benjamin qué le hacía sentir la muerte de su madre, él le contestó que no sentía nada en absoluto, pero a lo mejor se equivocaba, a lo mejor sentía tantas cosas que no era capaz de distinguir ninguna. Benjamin tuvo que contarle toda su vida, y ella le dijo que el cerebro es peculiar. Hace cosas sin que nos enteremos. A veces, cuando has vivido experiencias traumáticas la psique altera los recuerdos. Benjamin le había preguntado por qué y la terapeuta le había respondido: «Para poder soportarlo».

Le dijo: «Oblígate a ti mismo a pensar en tu madre». Y él le había respondido con otra pregunta: «¿En qué tengo que pensar?». «En cualquier cosa», le había contestado la terapeuta.

El primer recuerdo que tiene de su madre. Tiene tres años. Mamá y papá están en la cama una mañana y lo llaman: «¡Ven a darnos un beso!». Él trepa para subir a la cama, avanza a trompicones por las sábanas. Le da un beso a papá, apenas le alcanza los labios detrás de la barba. Le da un beso a mamá. Y luego se seca la boca en un gesto fugaz. Se lo reprochan. Mamá y papá han visto lo que ha hecho. Mamá lo levanta y se lo acerca. «¿Te da asco darnos besos?»

El último recuerdo que tiene de su madre. La mueca de su cara al morir en el hospital. Aquella en la que su rostro se encalló, la sonrisa de lobo. Benjamin lleva cargando con ella desde que su madre falleció, y cada vez que le viene a la mente se ve arrojado de vuelta a su infancia, porque le recuerda a algo que vio entonces. Solía lamerse las yemas de los dedos cuando se le secaban. Mamá le decía que parara, y como él no podía, ella empezaba a imitarlo. Cada vez que él se chupaba las yemas, ella iba corriendo y se le ponía delante y se metía las manos en la boca y enseñaba los dientes. Benjamin buscaba en su mirada algún brillo de picardía, algo que revelara que lo estaba chinchando de forma amorosa, pero nunca lo hallaba.

Quince días desde que falleció. Los médicos dijeron que había sido rápido, pero no era cierto. Tardó dos semanas en morir, desde que le dio el primer dolor de barriga hasta que pereció. Aunque la sentencia de muerte se la habían comunicado un año antes, cuando descubrieron el tumor, del que les informó escuetamente en un mensaje de texto a sus tres hijos, y luego se negó a hablar más de ello. Nunca quería que la acompañaran al hospital, y cuando le preguntaban acerca del tratamiento ella se limitaba a responder que estaba yendo todo bien. Hacía como si su enfermedad no existiera, y cuando unos meses más tarde les aseguró que ya le habían dado el alta, Benjamin no se lo creyó porque notaba que algo seguía yendo mal. Su madre bajó de peso. De forma imperceptible, ininterrumpida y engañosa, fue perdiendo un kilo tras otro, y un día Benjamin constató que era otra persona. Tenía las clavículas angulosas y puntiagudas, y las cavidades de debajo parecían hoyos negros. Toda la piel sobrante que se plegaba alrededor de su cuerpo. Se quedó tan chupada y frágil, susceptible al viento, que Benjamin tenía que sujetarla de la mano nudosa cuando salían a pasear. En alguna ocasión ella les contó que había ido al médico para preguntarle por el peso. Con alegría en la voz, les anunció que ahora pesaba cuarenta kilos. «¿Os lo podéis creer? —dijo—. ¡Es lo que pesa un cochinillo!» El médico le había dado unas latas de complementos alimenticios en polvo, que se quedaron intactos unos meses en la encimera de la cocina hasta que los tiró a la basura.

Los dolores de barriga aparecieron de golpe. Estaba en una tienda de muebles, y explotó. Comenzó a dolerle muchísimo y no sabía qué podía ser. Les contó a los hijos que se había hundido el pulgar en la cintura y que se había tumbado con la barriga sobre el reposabrazos de uno de los sofás que tenían en la tienda, los extraños trucos que había aprendido de pequeña. El dolor remitió, pero no tardó en volver. Se intensificó. Dejó de salir de casa, no podía dormir por las noches, se quedaba despierta retorciéndose de dolor, los analgésicos no le hacían efecto. La necesidad de dormir se apoderó de ella. Apagaba el teléfono porque quería dormir. Se volvió más difícil comunicarse con ella, breves mensajes en mitad de la noche, cada vez más desconcertantes. Cuando Benjamin le preguntaba cómo se encontraba, ella le escribía: «Tarzán». Hasta que la comunicación cesó por completo. El teléfono de mamá, siempre apagado, y ninguna señal de vida. A los tres días sin noticias de ella, Benjamin fue a su casa, por mucho que supiera que su madre detestaba las visitas sorpresa. Llamó a la puerta varias veces, al final ella le abrió, con el pelo revuelto. Las ventanas abiertas, a pesar del frío que hacía. Olor a detergente y vómito.

—¿Te has encontrado mal? —preguntó él.

—Sí, no sé por qué vomito tanto —respondió ella.

Su madre se dejó caer en su sillón, sacó un cigarro pero volvió a guardarlo al instante. Se inclinó hacia delante, con los codos apoyados en las rodillas. La bata dejaba al descubierto sus piernas flacas, la piel le colgaba a ambos lados del fémur.

—¿No deberíamos ir al hospital para que te echen un vistazo? —sugirió Benjamin.

—No, no —dijo ella—. Estoy bien. Solo necesito dormir un poco.

Benjamin recuerda lo pequeña que le pareció, ahí sentada en el sillón. Su madre se inclinó hacia delante y escupió con cuidado en el suelo. Él se lo tomó como la señal de alarma definitiva: eso solo lo haces si estás muy enfermo. Ella tampoco protestó cuando le dijo que tenían que ir a urgencias de inmediato, se quedó sentada mientras él le preparaba una mochila y luego se fueron. Estaba habladora aquel primer mediodía. Se quejaba de sus dolores con una especie de irritación. Cada vez que una enfermera entraba en la habitación, ella preguntaba: «¿Tú sabes por qué me duele tanto?». Le contestaban con murmullos, delegaban la respuesta a un médico que no tardaría en llegar.

Benjamin lo vio todo, recuerda cada detalle. Recuerda la habitación en la que estaba ingresada. En la mesita de la cama tenía su prótesis dental, un vaso de zumo de manzana, los periódicos y un plato de lasaña que no llegó a tocar. Le habían puesto un gotero en el pliegue del codo y algo que parecía un dedal en el dedo índice, con el que controlaban su capacidad pulmonar. A intervalos regulares, una enfermera iba para controlar los valores y hacía alguna anotación. Él no se atrevía a preguntar si iba todo bien o no.

Se fue a casa y volvió al hospital al día siguiente. Sería su último encuentro. Pierre y Nils ya estaban allí. Le habían administrado morfina para el dolor, Benjamin se sentó en el borde de la cama y la vio sumida en su desconcierto. Su madre le dijo que había soñado algo muy extraño. Iba en un avión que estaba sobrevolando una ciudad, demasiado cerca de los tejados; ella intentaba avisar a las azafatas de que estaban volando demasiado cerca, de que era peligroso, pero nadie le hacía caso.

Era el cumpleaños de Pierre y este hizo una broma al respecto. «¿Vas a darme los regalos ahora o prefieres esperar un poco?», le preguntó. La mirada desorientada de su madre desde la cama. No sabía que era su cumpleaños. Pero el desconcierto era mayor que eso, como si no lograra entender del todo el concepto de cumpleaños. Abrió la boca y la cerró, pensativa.

—Estoy bromeando, mamá.

Nils había llevado consigo varios periódicos y le

leyó las noticias en voz alta, pero al cabo de un rato ella le pidió que parara. Tomó un poco de zumo, hizo una mueca, gritó de dolor y se abrazó la barriga. Y entonces se quedó mirando fijamente a la pared, con su rostro deformado de ese modo tan peculiar. Los hermanos trataron de comunicarse con ella, pero su madre no decía ni una palabra, estaba demasiado concentrada en la pared. Recibió a la muerte impasible. No respondía a las preguntas, cuando la cogían de la mano ella no devolvía el apretón. Los hermanos estaban callados. Y de repente, sin previo aviso, el corazón de su madre dejó de latir y ella se fue.

—Son las cuatro y veinticinco —dijo Nils, y era tan típico de él, hijo de luto y acomodador al mismo tiempo.

Necesita dormir.

El día de hoy no lo puede abordar sin haber dormido lo suficiente, porque entonces no lo soportará. Ahora sabe lo que tiene que hacer. Tiene que hablar con sus hermanos de cosas que no han tocado en veinte años. Le da la vuelta a la almohada y se tumba del otro lado. Mira la foto enmarcada de los tres hermanos que tiene en la mesilla de noche. Está tomada en la orilla del agua, en el lago de la finca. Benjamin, Pierre y Nils, con el sol reflejado en sus pelambreras, llevan calzoncillos y botas de agua, los cuerpos de chiquillo bronceados. Colores claros, salvavidas naranja sobre el fondo de un cielo azul. Van a echar la red. Benjamin está en medio, abrazando a sus hermanos, un brazo por detrás de sendos cuellos. Por su postura corporal parecen despreocupados, relajados. Se están riendo de algo inesperado. No es que estén sonriendo para la foto, es otra cosa, como si justo antes de sacar la foto su padre hubiese dicho algo muy gracioso para descolocarlos un poco. Se ríen tanto que convulsionan, se abrazan. Brillan por sí solos, los tres hermanos.

¿Qué les pasó?

Justo cuando acababa de morir mamá. Estaban juntos en la habitación del hospital, pero solos al mismo tiempo. Aquella tarde no se abrazaron ni una sola vez. Nils sacó una cámara y empezó a hacerle fotos a su madre. Pierre salió al pequeño balcón del otro lado del pasillo a fumarse un cigarro. Benjamin se quedó plantado en la habitación. Luego se fue, sin decir adiós. No podían ayudarse los unos a los otros. Ha sido así hasta donde le alcanza la memoria, desde que es adulto. Ninguno de los tres sabe muy bien cómo mirarse a los ojos siquiera, durante sus conversaciones siempre tienen la mirada fija en el mantel, se comunican a trompicones. A veces Benjamin piensa en todas las cosas que han vivido, en cómo hicieron piña de pequeños y lo raro que es todo ahora: se tratan como si fueran desconocidos. No es solo él, piensa, son los tres. Se ha percatado de cómo Nils coge a la gata en brazos justo cuando lo va a saludar, como si de un escudo se tratara, porque así resulta más natural prescindir del abrazo. Una mañana a primera hora de pronto vio a Pierre acercándosele de frente en el centro. Pierre no había visto a Benjamin porque iba mirando el teléfono, como siempre, ciego ante el mundo; vivía la vida iluminada por debajo con un halo azulado, y este no le dijo nada, no hizo nada, pasó de largo sin hacerse notar. Sus chaquetas se rozaron al cruzarse. Benjamín se dio la vuelta y lo vio alejarse, vio su contorno difuminándose, con un creciente sentimiento de pena que rozaba el pánico. «¿Qué nos pasó?»

Lo que ahora van a hacer le resulta impensable. Este viaje de vuelta a la cabaña de la que ya nadie habla. La manera que Pierre y él tienen de gestionar su infancia es bromeando sobre ella. Si él le manda un mensaje diciendo que llega tarde, Pierre le responde «Yo pago el taxi», imitando la forma recurrente e histérica que tenía su padre de rejuntar a sus hijos cuando estaba falto de compañía. Si Pierre le escribe para cambiar una hora, Benjamin le responde «¿Sabes qué?, mejor nos olvidamos de todo», como una ironía sobre el humor de su madre. Con Nils, en cambio, nunca ha bromeado de ese modo. Al otro lado de la ventana el sol va saliendo poco a poco, la mancha amarilla en el hormigón se vuelve más grande, ya cubre casi la fachada entera, quema las hileras de persianas que protegen los dormitorios de enfrente. En un piso hay una puerta abierta, no se oye nada del interior. La ciudad duerme. Benjamin se levanta de la cama, se prepara una taza de café en la cocina. Sale al pequeño balcón. Una mesita y una silla y un cenicero lleno de colillas. En la barandilla, una jardinera con tulipanes que han caído en el olvido y que ahora se doblan marchitos sobre la tierra. Es muy pronto, pero fuera ya hace calor. Cielo azul, aunque al este se ve un atisbo del mar, y allí encima las nubes están oscuras. El ambiente está cargado, como antes de una gran tormenta. Benjamin mira la hora. Pronto abrirá la gasolinera en la que tiene que recoger el coche de alquiler.

Y sale de casa. Cierra por última vez la puerta de su piso y cierra con llave. Y al poco rato va sentado en el coche de alquiler. Sale del centro por las calles desiertas, cruza la ciudad muy por encima de los edificios, circulando a veinte metros del suelo por los ejes viarios elevados de hormigón, cinco carriles para un solo coche.

Capítulo 21
El camino de tierra

Habían pasado dos días desde la muerte de su madre. No había salido de casa desde entonces, era la primera vez que pisaba la calle. Cruzó el parque más grande de la ciudad, el que bajaba hasta el muelle. Observó las copas de los árboles por encima de su cabeza. Sabía que era comienzos de junio y que las hojas tenían un color verde profundo, pero hacía muchos años que sus ojos no podían captar ese tipo de cosas. Después del accidente en la estación transformadora lo llevaron al hospital. Tenía quemaduras en los brazos y la nuca y toda la espalda. Los médicos designados para encargarse de él no estaban seguros de qué era ropa y qué era piel. Después de unos días en el hospital, de cara al alta, su padre le había preguntado al médico si Benjamin tendría alguna secuela. «Imposible de predecir», había sido la respuesta. Sin lugar a dudas, podrían quedarle marcas de por vida. Daños neuronales que no se mostrarían hasta muchos años más tarde. Sus músculos podrían irse marchitando lentamente, existía un riesgo de que sufriera arritmias, daños cerebrales, insuficiencia renal. Nada de eso pasó. Pero el médico no había comentado nada acerca de la visión. No les había advertido de que, después de la explosión, percibiría los colores de otra manera. Ahora había algunos colores que no veía, simple y llanamente. No veía el azul. Podía amorrarse a una arboleda sin distinguir nada: por mucho que la persona que tuviera al lado le dijera que estaba repleto de arándanos, él no era capaz de ver ninguno. Otros colores los veía más nítidos, un par de horas antes de que se pusiera el sol en primavera y en verano vislumbraba un arco irguiéndose en el horizonte, todo el cielo se teñía de rosa oscuro. Era tan hermoso... Lástima que no fuera real. De adolescente podía impresionar a más de uno a base de mirar fijamente al sol sin pestañear. Los compañeros de clase se agolpaban a su alrededor y gritaban, iban a buscar a más gente para que lo vieran. Los colores llamativos lo tranquilizaban, y a menudo los buscaba adrede. Se demoraba junto a los conos de tráfico cuando hacían obras en la calle. A veces se metía en las tiendas de deporte, en la sección de pesca, donde descansaba la mirada en los señuelos amarillos y rojos, los veía brillar como luces de neón. Pero recordaba los árboles de su infancia, las semanas de principios de junio en la finca, las hojas rebosando energía verde. Lo echó en falta durante mucho tiempo. Luego dejó de importarle.

Bajó hasta el agua. Los viejos barcos de pesca que habían reconvertido en viviendas para personas excéntricas. Continuó bordeando el agua, pasó junto a las barcas de pasajeros que habían amarrado en fila en el muelle. Los restaurantes que destacaban la «captura del día» con la esperanza de engañar a los turistas que no sabían que en aquellas aguas no crecía nada, allí no había peces porque el mar estaba muerto. La gente con la que se cruzaba iba vestida de verano, pero hacía frío como en abril, cuellos finos subidos, piel de gallina en los brazos desnudos. Había paseado por ahí muchas veces últimamente. Cruzando el parque hasta el muelle y de regreso a casa. Cada vez salía a pasear más a menudo, en ocasiones durante horas. En invierno podía volver con tanto frío que había perdido la sensibilidad, intentaba abrir la puerta de casa pero no lo conseguía, se quedaba fascinado mirándose la mano, incapaz de sujetar bien la llave. Deambulaba con frecuencia por la ciudad, sin un destino en concreto, se metía en los cementerios y en el metro, hacía una parada y continuaba paseando. Había decidido dejar atrás el accidente, pero no le salió como había previsto. Por mucho que lo intentara, su mente se dirigía siempre a aquel momento. Cada vez que oía un ruido fuerte, que veía una luz intensa, cualquier impresión para la que no estuviera preparado, estaba de nuevo allí, en la salita del transformador. Le seguía pasando varias veces al día. Impresiones visuales inesperadas lo catapultaban de vuelta al pasado. O el calor, cuando abría el horno y se asomaba para ver si la comida estaba lista y le recibía la elevada temperatura. Podía ponerse a llorar. Ruidos repentinos. No solo estallidos claros, como cuando los chavales tiraban petardos en el metro. El ruido de una silla arrastrada por el suelo cuando alguien se levantaba en un restaurante sin gente. El sonido de cuchillos y tenedores que se colocaban sin cuidado en el cajón de los cubiertos. No podía estar en un cuarto de baño mientras se llenaba la bañera. El ruido del centro era lo peor de todo, sobre todo cuando llovía, porque de alguna manera el agua intensificaba el bullicio, incluso los coches que avanzaban a paso de caracol le parecía que pasaban a toda prisa y su rugido se demoraba en su interior, como un eco eterno y retumbante. Lo único peor que los ruidos bruscos era el silencio súbito, porque entonces le volvía el pensamiento recurrente: si los ruidos desaparecían, también desaparecía el mundo, y cuanto más silencio se hacía, mayor era el sentimiento de estar perdiendo el contacto con la realidad. Durante mucho tiempo soñó con encontrar el silencio perfecto, aquel que tuviera sonidos lejanos. Estar tumbado en el dormitorio, oyendo una radio encendida en la cocina. Estar sentado en un restaurante vacío con obras fuera, en la calle, ver a los obreros trabajando, el ruido amortiguado por los gruesos ventanales. Antes se pasaba muchas horas pensando en esas cosas, pero eso también había parado de hacerlo. Poco a poco había dejado de importarle su propia incomodidad. Recuerda la primera vez que se vio afectado por esa sensación. Estaba en la cocina y de pronto notó olor a quemado y se puso a buscar por el piso. Miró en el salón, siguió el rastro de olor a cables quemados, vio el cuadro eléctrico en el recibidor y advirtió que iban saliendo bocanadas de humo blanco por las ranuras del armarito. Lo abrió y descubrió que se había hecho fuego ahí dentro. Un fuego pequeño, llamas discretas en la superficie por detrás de los diferenciales. Corrió a la cocina y llenó un cubo con agua, volvió a toda prisa y, justo cuando estaba a punto de echar el agua sobre el fuego, le vino a la memoria algo que le habían enseñado en la escuela sobre el agua como conductora de electricidad. Y recordó las historias de gente a la que se le había caído el secador de pelo en la bañera y se habían electrocutado. A lo mejor echar agua supondría una catástrofe. Intentó soplarle al fuego, pero lo único que consiguió fue avivarlo. Se quedó con el agua en una mano, petrificado. Hasta que exhaló el aire que había estado conteniendo, tres segundos de calma absoluta, y vació el cubo de agua con una certeza: daba igual.

No pasó nada, el fuego se apagó, los diferenciales fueron saltando uno tras otro, como palomitas de maíz. Al día siguiente acudió un electricista y arregló el armario eléctrico, toda la electricidad peligrosa se esfumó, pero desde aquel día el sentimiento perduraba en él: daba igual.

No era que lo hubiera decidido así. Ni siquiera había llegado a formular el pensamiento, no fue de esa manera. A lo mejor pasó como con todas las otras cosas difíciles: que se lo quitó de encima, que prefirió vaciar el cerebro antes que llenarlo de cosas con las que no sabía qué hacer. Había estado en el muelle muchas veces antes, se había quedado contemplando la bahía un rato para después volver a casa. No sabe en qué se diferenciaba esa vez de todas las anteriores. Se acercó al borde y permaneció allí unos minutos. Agachó la cabeza y miró el agua, vio las algas que se habían posado como una película sobre las enormes cadenas de las anclas. Un palmo de visión, luego todo era negro. Se quitó la ropa y la dejó en un montón, los transeúntes que pasaban por allí se lo quedaban mirando un momento antes de seguir la marcha. Y entonces saltó al agua. No tenía ningún plan, ninguna intención. Se limitó a nadar mar adentro, cuanto pudiera, hasta que le fallaran las fuerzas. Y abandonó el muelle con su tráfico náutico de pequeña escala, nadó a aguas abiertas. El aire estaba totalmente quieto y el agua brillaba como un espejo, pero las olas provenían del mar y llegaban con mucho cuerpo, la superficie se elevaba y descendía a su alrededor, y él con ella, era pequeño e insignificante en las oscilaciones, como si el mar aún no hubiese decidido lo que pensaba hacer con él. A medida que se alejaba de tierra firme, el agua se iba volviendo más fría, sus brazadas se fueron haciendo más cortas. Pero se le daba bien nadar. Un verano sus padres lo habían mandado a unos campamentos de natación. Todo el mundo se conocía, él no conocía a nadie. Los otros niños eran mayores que él. Tenían que nadar en fila, él era más lento que los demás; cuando alguien lo alcanzaba se oía un silbato desde el canto de la piscina. «¡Deja pasar!» Y él se aferraba jadeando al separador de carriles amarillo, dejaba que alguien le adelantara. Luego, en las duchas, el olor a cloro y los dedos estriados y los charquitos en el suelo que brillaban bajo los fluorescentes, y los chicos mayores que salían corriendo y se daban latigazos con las toallas y gritaban tan fuerte que resonaba por todo el vestuario. Dormían en un pabellón deportivo. Los demás llevaban saco de dormir y esterilla, pero mamá y papá se habían olvidado de metérselos. El instructor de natación le prestó una manta, y bajaron la colchoneta del salto de pértiga para él. Los otros niños empezaron a llamarlo «el Rey», porque dormía en una cama majestuosa, como por encima de los demás. A la hora de dormir él lloraba en silencio y echaba de menos a sus padres. Miraba el techo, seguía las barras y las anillas y las espalderas con los ojos. El último día tocaba teoría; el instructor reunió a los niños mojados, los puso en fila en el borde de la piscina, tocaba el silbato en cuanto se desmadraban un poco. Les habló de lo que había que hacer si, por lo que fuera, te veías metido en agua fría. Y estaba de pie junto a una pizarra, soltando berridos que rebotaban como ladridos de perro por toda la piscina: «¡Oriéntate! ¿Adónde vas? ¡Oriéntate! ¿Adónde vas? ¡Oriéntate! ¿Adónde vas?».

Benjamin sabía adónde iba. Se dirigía a mar abierto. Pasara lo que pasase luego, daba igual. Dejó atrás los islotes, ahora el bullicio de la ciudad quedaba lejos, solo podía oír su propia respiración y el chapoteo de las manos en el agua.

Un estruendo retumbó sobre la tierra, y al terminar le sucedieron unos segundos de silencio. Después, otra vez, un estruendo desgarrador, un trueno y una sirena al mismo tiempo, y el ruido lo atravesó de pleno, pudo notarlo en el agua, como si proviniera del mar. Y se dio la vuelta y allí vio el colosal ferri de pasajeros pasando por su lado, a apenas quince metros de distancia. Y la bocina sonó por tercera vez, y todo el cuerpo de Benjamin quedó paralizado por un instante, el ruido le atravesó la carne y los huesos, y regresó a la estación transformadora; lo que estaba oyendo una y otra vez era la explosión, sintió a Molly retorciéndose en su regazo, y él la retuvo con mano firme y el cuarto se volvió azul y él notó la presión en la espalda, y pensó que ahora ya sabía, ahora sabía lo que se sentía al explotar por dentro. Y luego todo se volvió negro. Y al despertarse lo hizo con una quemadura en la espalda.

«¡Oriéntate!

» ¿Adónde vas?»

«¿Dónde están mis hermanos?»

Y se arrastró hasta Molly.

Cuando la bocina del ferri sonó por cuarta vez, Benjamin gritó con todas sus fuerzas y oyó sus propios jadeos, siguió nadando. Nadaba en línea recta mar adentro, de pronto este se volvió más compacto, una brisa se arrastró por su cabeza fría. Entonces lo vio, dos cabecitas en el agua, más adelante. Las reconoció al instante, reconocería a sus hermanos a un kilómetro de distancia. Nadó hasta ellos, vio que Pierre estaba concentrado, la cabeza a ras del agua, mirando la pequeña boya que flotaba un poco más allá. «¡Ahí está la boya! —le gritó a Nils—. ¡Pronto habremos hecho la mitad!»

Pierre miró fugazmente a Benjamin.

—Tengo miedo —dijo.

—Yo también —respondió Benjamin.

Nils estaba un poco más adelante, Benjamin lo vio doblando el cuello hacia atrás para que no le entrara agua en la boca.

—¡Nils! —lo llamó Benjamin.

Nils no reaccionó, se limitó a seguir pataleando con la mirada fija en el cielo. Benjamin se acercó a su hermano mayor, respiraban con fuerza en la cara del otro. Hicieron un alto en el agua los tres chicos. El lago estaba en silencio, a la espera.

—Tienes los labios morados —le dijo Benjamin a Pierre.

—Tú también —contestó él.

Sonrieron brevemente. Benjamin miró a Nils, su leve sonrisa. Los chicos se apretujaron, se calentaron la cara con el aliento. Se miraron a los ojos y Benjamin ya no tuvo miedo.

—Tengo que irme —dijo.

Nils asintió en silencio.

Pierre no quería soltarse. Benjamin le puso una mano en la mejilla a su hermano pequeño, le sonrió y luego se alejó de sus hermanos, y dio media vuelta, de nuevo en dirección a la vastedad del mar, el frío en las piernas que le calaba y le iba subiendo por los muslos, el cansancio; no estaba sin aliento sino exhausto, notaba los pinchazos en los hombros y los brazos, y el agua se acercaba y las olas que antes eran grandes pero afables cambiaron de carácter, el mar se inclinó hacia él con tanta fuerza que no pudo reprimir un jadeo, y al coger aire el mar se le echó encima, le llenó el estómago y las vías respiratorias y los pulmones, y unos segundos antes de quedar inconsciente dejó también de preocuparse, porque sabía que por fin podía soltar esa realidad a la que se había aferrado durante tantísimos años. Se hundió bajo la superficie, liberado y lánguido, y cuando su pulso se detuvo no vio ni resplandor ni oscuridad, no había ningún túnel con luz blanca al fondo.

Había un camino de tierra.

Capítulo 22

2:00

Les dice a sus hermanos que solo tiene que ir al baño, que vayan tirando, les promete que cerrará con llave cuando salga. Pierre y Nils se doblan unos segundos por la mitad para atarse los zapatos en el recibidor de su madre y luego cargan con los recuerdos de mamá entre los brazos y salen tambaleándose al oscuro rellano. Benjamin los observa mientras se dirigen al ascensor antes de cerrar la puerta. Y va al baño, pero no porque lo necesite, sino para mitigar la mentira. Ve los artículos de higiene de su madre en el armarito abierto. Una crema de manos. Un jabón que se ha quedado pegado, fundiéndose con la cerámica. Un cepillo de dientes muy usado, casi brutalizado. Rastro de malestar en el lavabo. En el canto de la bañera está el frasco de Chanel que se compró hace muchos años y que respetaba tanto que nunca la usaba. Tres bombillas encima del lavabo, solo una funciona. Benjamin observa su reflejo en el espejo. Nunca se mira en el espejo más de lo estrictamente necesario, nunca establece contacto visual consigo mismo, siempre pasa de largo con los ojos, nunca se fija en la barbilla ni en la nariz, pero ahora no aparta la vista. Se examina el mentón que sobresale, la frente ancha. Recuerda lo que le dijo un día su padre en tono de broma: «Es fácil imaginarse tu calavera». En la infancia le fascinaba por su aspecto. Siempre quería mirarse. Se plantaba delante de los espejos y se quedaba embelesado. Una vez, cuando era pequeño y estaba solo en casa, se había detenido delante del espejo del recibidor y se había pasado tanto rato mirándose a sí mismo que al final estaba convencido de que estaba mirando a otra persona. No se asustó, volvió a intentarlo en varias ocasiones, pero nunca logró revivir aquel instante. Un día, en la finca, estaba sentado en el suelo de la cocina, con las piernas estiradas sobre la alfombra, y se estaba mirando de cintura para abajo y de repente tuvo la sensación de que no le pertenecía lo que veía. Eran las piernas de otra persona, de cintura para abajo era todo carne muerta, no era suya. Le pareció tan real que no pudo moverse. Estiró el brazo para coger un leño de la cesta junto al horno y se golpeó los muslos y los pies, para sentir algo, para recuperar las partes del cuerpo que le pertenecían.

Se mira en el espejo.

Trata de imaginarse su calavera.

Se va al salón. Echa un vistazo por el piso, que está patas arriba tras el paso de los tres hermanos en búsqueda de recuerdos que llevarse. Álbumes de foto abiertos en el suelo, puertas de armario abiertas en la cocina, cuadros descolgados y abandonados en el suelo. Parece que hayan entrado ladrones. Benjamin se mete en el dormitorio y ve la cama deshecha, con las sábanas enredadas por la última noche de insomnio de su madre. Se quita la ropa, espera un momento y luego se tumba en la cama. No quiere irse a casa. Quiere dormir allí, en la cama de mamá. Un cenicero en la mesita de noche, colillas apuradas en el fondo y, entre ellas, cigarros a medio fumar clavados, el cenicero parece un peinado punk con los pelos de punta, un recuerdo de las últimas semanas, cuando mamá ya no tenía fuerzas ni para fumar.

Saca la carta de su madre. Bajo el tenue haz de luz de la lamparilla la vuelve a leer. Oye la voz de su madre, esa que aprendió a conocer tan bien, de la que podía descifrar hasta el más mínimo detalle, identificando matices de los que ni ella misma era consciente; Benjamin lee y hace las pausas que sabe que su madre habría hecho. Repasa el texto minuciosamente, despacio, como si no fuera a volver a ver la carta y tuviera que memorizarla. Después la deja sobre su pecho. Apaga la luz. Tiene cuatro años, está en un dormitorio que no recuerda, en una cama que no reconoce. Mamá le sube la camiseta del pijama y le hace cosquillas en la barriga, le dice que es una hormiguita y camina con los dedos índice y corazón por su abdomen, y Benjamin se queda sin aire, y mamá le dice que ahora llega otra hormiguita y camina con las dos manos por su barriga, y él se mueve y se retuerce y agita las piernas y, sin querer, le da una patada a su madre en la frente. Ella trastabilla, retrocede unos pasos, murmura algo entre dientes. Benjamin se incorpora en la cama. Dice que lo siente, «perdón, mamá, ha sido sin querer». Ella le dice que no pasa nada, aún con una mano en la cabeza. Se acerca a él, ve que está llorando y le da un abrazo, lo acuna. «No pasa nada, cariño. Estoy bien.»

Benjamin se da la vuelta en la cama. Por fin ha oscurecido, por fin ha caído la noche de verano. Saca el teléfono y llama a Pierre. Su hermano lo coge después de muchos tonos. Oye de inmediato que no suena como siempre, tiene la voz ronca, grave.

—Todo me da vueltas —dice.

Pierre acaba de meterse en la cama, ha tomado pastillas para dormir. No podía conciliar el sueño y entonces ha visto la cajita y ha pensado que por qué no.

—¿Cuántas te has tomado? —pregunta Benjamin.

—Una —responde él enseguida, y después añade en tono un poco pensativo y un tanto pillo—: Podría ser que al final me haya tomado dos.

Pierre deja el teléfono a un lado, se oye un ruido, Benjamin oye sus pasos lentos por el suelo, ha ido a buscar algo, vuelve.

—¡Dos! —grita—. Tengo el blíster aquí. Me he tomado dos, y luego me he desafiado a mí mismo, a ver cuánto rato podía aguantar despierto. —Se le escapa la risa—. Por el momento lo llevo bastante bien, pero ahora... —Suspira, de pronto suena alicaído—. Todo me da vueltas.

Benjamin oye un balbuceo desconcertado al otro lado de la línea que cesa de pronto, y entonces oye la respiración de Pierre.

—¿Hola? —dice—. ¿Sigues ahí?

—¿Qué mierda de lámpara es esta? —dice Pierre. Se calla de nuevo unos segundos—. ¿Cómo coño se apaga?

Terminan la llamada, y la pantalla del teléfono se queda un momento irradiando la pálida luz por toda la habitación, hasta que se apaga y el cuarto queda a oscuras. Benjamin intenta hacer lo que le ha enseñado la terapeuta cuando el insomnio se apodera de él. «Retén un pensamiento, obsérvalo y deshazte de él. Retén el siguiente, obsérvalo y deshazte de él.» Pero el último paso es lo que no consigue llevar a cabo, un pensamiento se le solapa con el siguiente, y él comienza a ahondar en las conexiones, se olvida del ejercicio y tiene que empezar de nuevo. Vuelve a sacar el teléfono, marca el número de Nils, quien responde como hace siempre: diciendo su apellido en tono formal.

—¿Te he despertado? —pregunta Benjamin.

—No —responde Nils—. Estoy en la cama. Justo iba a apagar.

Benjamin oye música clásica sonando de fondo a volumen muy bajo.

—He vuelto a leer la carta de mamá —dice.

—Ya.

—Es de locos...

—¿El qué?

—Que no fuera capaz de decir eso mientras estaba viva.

—Sí, lo sé.

Nils suena tan tranquilo... Tan hecho a la idea de lo que acaba de ocurrir... Benjamin siempre ha tenido la sensación de que Nils vivió una buena infancia gracias a que nunca la tuvo en realidad. A veces incluso se ha preguntado si es capaz de ser feliz. De cuando en cuando parece que sí, las ocasiones esporádicas en las que se juntan. Pero en momentos fortuitos, cuando su hermano se sirve un café en la encimera de la cocina o cuando se acerca a una ventana y mira fuera, Benjamin puede ver la tristeza brillando como un leve resplandor fosforescente en los ojos de su hermano mayor.

—¿Te puedo preguntar una cosa? —dice Benjamin.

—Claro.

—El día que te graduaste en el instituto, ¿te acuerdas?

—Sí.

—Al día siguiente te fuiste a Centroamérica. Tenías que salir a primera hora de la mañana. ¿Te acuerdas?

—Sí.

—Yo estaba en la cama escuchando los sonidos del otro lado de la puerta, te oí marcharte. ¿Por qué no entraste a decirme adiós?

—No me dejaron.

—¿No te dejaron?

—Mamá y papá me dijeron que estabas malo. Que no había que molestarte.

Se hace el silencio. Las respiraciones de los dos hermanos, la música de fondo.

—Hasta mañana, Benjamin.

—Hasta mañana.

—Todo irá bien.

—Sí.

La madrugada se convierte en temprana mañana.

Enciende de nuevo la lámpara, se incorpora en la cama de su madre y lee su carta una vez más. Una hoja, escrita por delante y por detrás, con su característica letra, confusa en algunos sitios, pero aun así clara como el agua, sin titubeos, un texto que teje los hilos de las décadas, que lo ata todo desde allí hasta la finca, una carta sencilla llena de todo lo que todos tenían en la punta de la lengua pero que nunca se llegó a pronunciar.

La habitación se encoge.

Cierra los ojos y es posible que esté durmiendo, eso cree, porque cuando los vuelve a abrir hay más luz en el dormitorio. Mira por la ventana, en lo alto de la fachada del edificio de enfrente puede ver un atisbo del sol. Un rinconcito amarillo en el hormigón gris.

Capítulo 23
La corriente

—No sé cómo salí del agua. Supongo que estaba inconsciente. Mi siguiente recuerdo es estar tirado en la cubierta de una lancha motora, oía voces alteradas a mi alrededor, notaba manos en la espalda. Y recuerdo vomitar agua que había estado dentro de mis pulmones y que estaba caliente y que me pareció agradable.

Durante su relato había estado mirando al suelo, pero al final alzó la cabeza, se encontró con sus ojos. La terapeuta tomaba apuntes en su libreta sin que él pudiera ver lo que escribía durante la conversación, pero en algunas ocasiones había podido atisbar las anotaciones agresivas que hacía con la tinta, pequeños garabatos, frases a medio terminar, alguna palabra clave incomprensible.

—Y supongo que eso es todo —dijo Benjamin—. Luego vine a parar aquí, contigo.

Era la tercera vez que la veía. Dos horas cada sesión, siguiendo un plan que le había explicado al detalle. Ella había sido muy clara. Antes, el acompañamiento a personas que habían intentado suicidarse era, casi siempre, clínico, le había dicho. Se hablaba de diagnósticos y tratamientos. Pero ahora se sabía que el relato del paciente era primordial: se había referido a Benjamin como experto, una persona especialista en su propia historia, y él se había sentido ridículamente animado al respecto, casi conmovido, quizá porque la terapeuta no le había dicho que estaba enfermo sino al contrario: que llevaba dentro conocimientos que eran decisivos. Mientras él contaba su historia, ella se pasaba la mayor parte del tiempo en silencio; de vez en cuando le hacía alguna pregunta para ahondar, algunas de las cuales sugerían que había hablado con sus hermanos, y Benjamin no tenía nada en contra: le había dado su consentimiento. Hora tras hora de relato. Eso era todo. El primer día que se presentó en la consulta se había sorprendido al observar que esta disponía de dos accesos. Uno se usaba para entrar y el otro para salir, era ingenioso, un sistema de entrada y salida que minimizaba el riesgo de cruzarse con alguien. Aun así, Benjamin no tardó en tener la sensación de que se enteraba de más cosas de los demás pacientes de lo que le habría gustado. La primera vez le entraron ganas de hacer pis, a través de los finos tabiques del lavabo pudo oír las conversaciones, justo antes de tirar de la cadena oyó a otra persona echarse a llorar. La consulta era grande, un pasillo largo detrás de cuyas puertas las penas se compartían en fila. Benjamin había llamado con cuidado a la puerta que la recepcionista le había indicado y una voz se oyó desde dentro: «¿Sí?». El tono era de sorpresa, como si no estuviera esperando visita. Entonces él entró. La terapeuta era una mujer grande en una habitación pequeña, dos sillones profundos y un escritorio. Y se sentaron uno enfrente de la otra, y Benjamin, el experto en sí mismo, contó su historia y ella le prestó atención, y las horas se habían ido sucediendo, había elaborado un retrato de la infancia y de la adolescencia, y ya había terminado.

—Bien —dijo ella, y le sonrió.

—Bien —dijo Benjamin.

Ella se inclinó sobre la libreta, hizo alguna nueva anotación. Habían pasado dos semanas desde que su madre había muerto. Doce días desde que él había decidido nadar mar adentro hasta que ya no le quedaran fuerzas para seguir nadando. Las primeras veinticuatro horas después de que lo sacaran del agua las había pasado ingresado en el hospital. Al día siguiente le habían preguntado si tenía intención de volver a hacerse daño a sí mismo, y cuando respondió que no estaba diciendo la verdad. Le habían preguntado si estaba dispuesto a visitar a una psiquiatra especializada y él había dicho que sí. Le dejaron irse a casa. Luego transcurrieron unos días de los que apenas tiene memoria. Los pasó en casa, sin salir. Recuerda que sus dos hermanos fueron a visitarlo al piso. Recuerda que Pierre le llevó brazo de gitano, no había visto uno desde que era un crío. No recuerda muy bien de qué estuvieron hablando, pero del brazo de gitano sí se acuerda. Hasta que no comenzó la terapia, unos días más tarde, no empezó a volver lentamente en sí. Tres días esparcidos en lo que dura una semana, las conversaciones lo anclaron a la realidad, lo arraigaron.

—Esta es la tercera y última vez que nos vemos —explicó la terapeuta. Miró discretamente el reloj de pared que Benjamin tenía encima de la cabeza—. Me gustaría dedicar el tiempo que nos queda a volver a un acontecimiento en concreto de tu relato, espero que te parezca bien.

—Sí, claro —contestó él.

—Me gustaría hablar un poco más de lo que tuvo lugar en la estación transformadora.

El bolsillo de Benjamin comenzó a vibrar, sacó su teléfono móvil. Un mensaje del grupo que Nils había creado la misma noche en que había muerto su madre. Lo había bautizado como «Mamá» y Pierre lo había rebautizado enseguida como «Mami», Benjamin no entendía muy bien por qué. ¿Era una broma? Ninguno de los tres la habría llamado nunca así en vida. Leyó el mensaje y dejó el teléfono en la mesa, al lado del sillón.

—Te veo un poco afectado —dijo la terapeuta.

—No, no es nada —respondió Benjamin. Tomó un poco del agua que tenía en la mesa—. Nils dice que quiere que suene *Piano Man* en el entierro —explicó.

—¿*Piano Man*? —preguntó ella.

—Sí, la canción.

Faltaban menos de veinticuatro horas para el entierro. Nils estaba haciendo planes de última hora como un poseso. En su mensaje decía que era la canción preferida de mamá, por eso encajaría bien, y Benjamin también tenía el recuerdo de que se la había puesto a sus hermanos y a él cuando eran pequeños, que los había hecho callar a todos y les había pedido que escucharan con atención la letra, y cuando la canción terminó ella había dicho «¡*Mu-á!*», llevándose la mano a los labios como para coger un beso que después lanzó por la sala. A Benjamin le daba igual si sonaba en el entierro o no. Pero de pronto se vio invadido por la intranquilidad, porque sabía a qué daba comienzo ese mensaje, sabía que Pierre ya no dejaría que Nils saliera indemne. El móvil volvió a vibrar. Él se inclinó hacia delante, leyó.

«Ja, ja», había escrito Pierre.

Y luego la preparación de los ataques, los tres puntitos en el recuadro de mensajes saltando, puntitos frenéticos de la malicia de Pierre y la humillación de Nils que iban danzando por la pantalla.

«¿Qué quieres decir?», escribió Nils.

«Lo siento. Pensaba que estabas bromeando. ¿Una canción que habla de un artista borracho que toca el piano en bares de hoteles de mala muerte? En el funeral de mamá. ¿De verdad lo dices en serio?»

«A mamá le encantaba. ¿Por qué te parece tan mal?»

«Mi canción preferida es *Thunderstruck* de AC/DC. ¿Crees que me gustaría que la pusieran en mi entierro?»

Silencio. Una pequeña herida más a sumar a todas las anteriores, otro puñado de hilillos finos que se rompían entre los hermanos. Benjamin se guardó el móvil en el bolsillo.

—¿El funeral se celebra mañana? —preguntó la terapeuta.

—Sí —respondió él.

La terapeuta sonrió afable.

—Te decía —continuó, y se inclinó hacia delante en su sillón— que me gustaría que nos detuviéramos un momento en la estación transformadora.

—Vale —contestó Benjamin.

No le veía el sentido. Ya le había contado todo lo que recordaba de aquel día. Le había contado todo lo que recordaba de su infancia, había compartido cosas que le habían pasado con sus hermanos pero de las que no había hablado nunca con nadie, ni siquiera con ellos. Le había hablado de ramas de abedul y botones de oro, también los recuerdos más difíciles los había compartido con ella, cosas que lo habían transformado. La bodega. La verbena de Midsommar. La muerte de su padre. La idea era que con ello lograra entenderse a sí mismo, que se considerase a sí mismo como la suma final de su relato. Pero ahora las historias estaban esparcidas ante la terapeuta y él como piezas de Lego, y Benjamin no sabía cómo debía ensamblarlas. Comprendía que lo que había hecho contra su propia persona tras la muerte de su madre era una consecuencia de todo lo demás. Simplemente no lograba adivinar en qué sentido.

—Y me parece que ahora tenemos que dar un paso grande —dijo la terapeuta—. Un paso que puede ser doloroso. ¿Te atreves?

—Vale.

—Quiero que volvamos a la estación transformadora.

A Benjamin le vino la imagen de la caseta en el claro del bosque. Se llegaba hasta ella a través de un sendero, un sendero apenas marcado en la tierra, o quizá no lo estaba en absoluto, quizá no existiera siquiera. El sonido de mosquitos y un pájaro muy cerca y, más allá, un zumbido que provenía de la caseta, un quedo murmullo de la electricidad en su paso por los conductos que había ahí dentro, daba tumbos y se repartía entre las cabañas de los bosques. De lejos, la caseta casi parecía idílica. Una simple cabañita en el bosque, con un jardín de electricidad, los postes en filas simétricas con sus sombreros negros que brillaban con el sol del mediodía. El aire apenas se movía. Benjamin recuerda que iba el último, detrás de sus hermanos, recuerda que veía sus nucas delante.

—Estás caminando con tus hermanos y te acercas a la estación transformadora y abres la verja que alguien había forzado —dijo la terapeuta—. Ahora estás al otro lado de la valla. Entras en la caseta. ¿La puedes visualizar?

—Sí.

Recuerda la humedad negra en las paredes. El rugido de la electricidad que corría por los cables. Una lámpara jadeante en el techo que emitía una luz tenue, recuerda haber pensado que le parecía raro, ¿tanta electricidad y, aun así, la lámpara del techo no iluminaba más que eso? Sus hermanos sobreexpuestos a la luz del sol de fuera, se emblanquecieron, Benjamin podía oír sus voces, gritos lejanos que se llevaba la brisa, Nils le decía que volviera a salir. Le decía que era peligroso. Cuando se acercó a la pared eléctrica, las voces de fuera se intensificaron, pero ninguna palabra llegaba hasta él, eran meros gritos difusos en la distancia, como el eco de la otra orilla del lago las tardes sin viento en las que bajaba con Pierre a tirar piedras para hacerlas rebotar.

—Estás dentro de la caseta —señaló la terapeuta—. Tienes a la perra entre los brazos y estás muy cerca de los conductos eléctricos. ¿Qué piensas?

—Que soy invencible.

Recuerda estar en mitad de una corriente eléctrica iracunda, ¡sin que esta lo tocara! Una sensación de poder hacer lo que quisiera, porque nada podía con él. Estaba en el ojo del huracán, a su alrededor todo iba destrozándose, pero a él no se le movía ni un pelo de la cabeza. Era como si la electricidad que bombeaba por las paredes ahora le perteneciera a él, había logrado llegar al núcleo, había vencido, ahora toda la fuerza que había allí dentro era suya.

—Te vuelves hacia la puerta —indicó la terapeuta—. Miras a tus hermanos. Estás demasiado cerca de los cables. No tocas nada, pero aun así sufres una descarga eléctrica.

Benjamin recuerda la explosión. Recuerda los segundos previos a ella. Podía dirigir el sonido mediante los movimientos de sus brazos. Alzaba la mano hacia la corriente y esta le respondía. Cada vez que acercaba la mano a los conductos eléctricos sus hermanos gritaban más fuerte. Le gustaba verlos aterrados. Los estaba chinchando, los veía ahí de pie con los dedos en la malla metálica. Luego la estancia se volvió azul, el calor en la espalda, el estallido blanco. Benjamin se desvaneció y desapareció.

—Te despiertas en el suelo dentro de la caseta —dijo la terapeuta—. No sabes cuánto tiempo llevas inconsciente. Pero al final te despiertas. ¿Lo visualizas?

—Sí.

Recuerda la mejilla en el suelo sucio. Ya no tenía espalda, ¿qué más había perdido? No se atrevía a mirar porque no quería ver qué otras partes le faltaban. Echó un vistazo hacia la salida, la valla metálica. «¿Dónde están mis hermanos?» Habían visto la explosión, eran testigos del momento en que Benjamin había sido desgarrado, habían visto su cuerpo arder. Y aun así lo habían abandonado. Recuerda que se despertó y que volvió a quedarse dormido. Miró fuera, el sol se había desplazado en el sentido contrario, ahora era más pronto.

—Has recuperado el conocimiento. Te despiertas. Y ahora descubres a la perra. Está en el suelo, un poco más allá. Te acercas a ella, estás sentado en el suelo y la coges en tu regazo, la abrazas. ¿Te acuerdas de esto?

—Sí.

Benjamin recuerda la vergüenza.

El dolor no era nada, ya no lo notaba, se había quedado sin espalda pero había perdido la capacidad de sentir ninguna otra cosa que no fuera vergüenza. La abrazó mientras el sol iba subiendo y bajando allí fuera a un ritmo trepidante, bóvedas celestes en distintas formas que iban señalando la caseta. Tañidos en el bosque, altos y penetrantes, como las disonancias de cuando una gran estructura se arquea y se rompe, vientos suaves y salvajes que venían y se iban, los abetos se doblaban y se erguían, los animales se detenían delante de la caseta, miraban dentro y seguían su camino, Benjamin, que siempre se había sentido en la tangente de la realidad, como si se viera a sí mismo desde otro lugar. Ahora no solo estaba en el centro de sí mismo, sino en el centro del universo. Se abrazó a ella, la pegó a su pecho, estaba fría.

—Tienes a la perra en brazos —dijo la terapeuta—. La abrazas y la miras. ¿La ves?

—Sí —respondió él.

—¿Qué ves?

Benjamin recuerda haberla mecido dulcemente, con cuidado, como si estuviera durmiendo. Recuerda llorar sobre su cara y que pareciera que las lágrimas fueran de ella.

—¿Verdad que no es un perro lo que ves? —dice la terapeuta—. Ahora que la tienes delante, ¿verdad que es una niña pequeña?

Los mundos iban rodando por fuera de la caseta. Benjamin miró por el hueco vacío de la puerta, por donde iban pasando los milenios, y luego la miró a ella, la pequeña, con la que se había vinculado desde un primer momento, la que estaba bajo su protección, no solo aquel día sino todos los días, y ahora él estaba allí sentado en el suelo, sujetando su cuerpo inerte, sopesándolo en su regazo, y lloró por haber fracasado en lo único que había venido a hacer a este mundo.

—¿Verdad que es tu hermana pequeña la que tienes entre los brazos?

Capítulo 24
0:00

Un coche patrulla bajó despacio por la vegetación azulada del camino de tierra que llevaba hasta la finca. Benjamin lo recuerda claramente porque estaba sentado de rodillas en el césped y sin haber asimilado aún nada de lo que había ocurrido, y aquel coche de policía, las luces azules, era una especie de realidad que exigía poder entrar, algo del mundo de su alrededor que quería saber lo que había hecho.

Recuerda a las dos agentes de policía que se apearon. Recuerda que su madre se negaba a soltar a Molly cuando quisieron inspeccionarla. Hablaron con su padre, recuerda el sonido de sus murmullos en el atardecer, y papá señaló discretamente a Benjamin, y luego todos se le acercaron, desde distintos ángulos. Recuerda que las dos mujeres eran amables, le pusieron una manta por encima para protegerlo del frescor del verano, le hicieron preguntas y tuvieron paciencia con él cuando no era capaz de contestar. Recuerda que al cabo de un rato llegó otro coche patrulla. Y después, una ambulancia. Y luego varios vehículos en fila, una furgoneta de la compañía eléctrica, otros coches, aparcaron de cualquier manera a lo largo del camino de tierra. La gente desapareció en el bosque, en dirección a la estación transformadora, y volvió. En la cocina había desconocidos hablando por teléfono.

De pronto había tanta gente... El sitio que siempre estaba desierto, donde nadie que no fuera la familia ponía jamás un pie, era en ese momento un hervidero de personas, y todas querían meterse en él, querían convertir su crimen en realidad a base de preguntas.

Se ha puesto a andar otra vez.

Desde la consulta, cerca de los accesos del sur de la ciudad, por los puentes, por los callejones vacíos del casco antiguo de Gamla Stan y por los muelles que llevan hasta el centro de la ciudad. Ha caminado hasta que ha caído la noche de verano, y ahora pasa de nuevo junto a la boca del metro que tiene las escaleras mecánicas fuera de servicio, las terrazas de los bares en las que solía sentarse a beber con su madre. Cuando llega al portal, sus hermanos ya están allí esperándolo.

—¿Has llorado? —pregunta Nils.

—No, no —responde Benjamin.

Se meten en el portal, notan sus cuerpos en silencio en la oscuridad del estrecho ascensor. El cartelito con el nombre de mamá ya no está en la puerta. Es una insensibilidad que no deja de estar en sintonía con el contacto que Nils ha tenido con el propietario. Apenas unos días después de que Nils le informara que su madre había fallecido y que querían rescindir el contrato, le llegó un mensaje de texto de parte del propietario en el que le decía que ya habían inspeccionado el piso y que no «olía a humo», como Nils le había comentado al describir el estado de la vivienda, sino que habían considerado que eran daños por humo y que le tocaba sanearlo de inmediato. Habría que vaciar el piso antes de lo previsto, y esa es la razón por la que los hermanos están ahora allí, en mitad de la noche, el día antes del entierro de su madre, para llevarse los últimos recuerdos de mamá antes de que acudan a vaciar el piso, a primera hora de la mañana, y todo desaparezca para siempre.

Nils abre con llave y luego hace una ronda para encender las luces, el piso se vuelve incandescente. Su madre solo compraba lámparas de los años cincuenta y las colocaba en estantes y en el techo, las fuentes de luz en matices marrón, amarillo y naranja hacen que el piso quede bañado en algo que recuerda al sol del atardecer en un embarcadero en pleno junio. Los hermanos se separan en el piso en busca de cosas que les puedan servir para rememorar a su madre, pero Benjamin se queda en el pasillo. Mira a sus hermanos, los ve buscar con cuidado en estanterías y cajones, y piensa que le recuerdan a cuando eran pequeños, en Pascua, los chiquillos vestidos en pijama que iban a la caza de un huevo de chocolate que papá había escondido entre el mobiliario. Nils encuentra una estatuilla de madera que baja de un estante. Pierre descubre el álbum de fotos de su madre y se sienta en el suelo del salón; a los pocos segundos queda absorbido, se olvida del objetivo de la visita.

—Mira esto —le dice a Nils, y le enseña una de las fotos.

Este se ríe y se acomoda junto a su hermano. Allí sentados en el suelo, en calcetines, como niños en cuerpos grandes, como si se hubiesen vuelto adultos contra su propia voluntad, miran fascinados las fotos de ellos mismos de pequeños y tratan de comprender lo que ha pasado. Benjamin se mete en la cocina. Un crujido en el suelo, manchas de mermelada que titilan discretamente bajo la luz del techo. Pequeños saludos de mamá por todas partes, las marcas de mordiscos en los lápices de la mesa de la cocina, afilados como cuchillos. Las ollas con fondos blancos en las que la leche se le ha quemado durante décadas. Pintalabios en el borde de la taza de café en el fregadero. Un plato solitario con restos de salsa de tomate. Abre la nevera, otra fuente de luz amarilla se esparce por el suelo de la cocina, los compartimentos de la puerta están repletos de medicamentos, botellitas con prospectos pegados al recipiente como si de unas alas se trataran, pastillas en envoltorios de plástico, blísteres de estaño y triángulos rojos de advertencia. La presencia de mamá es total, mientras Benjamin hurga entre sus cosas se siente culpable de removerlas sin preguntárselo primero a ella. Abre el congelador. Todas las superficies están ocupadas con paquetes individuales de empanadillas, fue una medida de urgencia que tomaron los hermanos hará cosa de un mes en un intento de hacer que su madre comiera más. Se la llevaron al súper, se pasearon entre los congelados para animarla mientras le iban enseñando todos los platos disponibles. Ella solo quería empanadillas.

—Pero no puedes alimentarte solo a base de empanadillas —había dicho Nils.

—Claro que puedo —había contestado su madre.

Volvieron a casa con tres bolsas llenas de empanadillas, y cuando las metieron todas en el congelador mamá estaba al lado e iba diciendo «exquisitas» y «maravillosas» por cada empanadilla nueva que metían. Y recuerda los mensajes que les mandaba luego por las tardes para informar de la ingesta del día —«¡Hoy han caído dos empanadillas!»—, haciendo pequeños intentos de tranquilizarlos a los tres. Pero con la misma frecuencia intentaba ponerlos nerviosos. Usaba su estado de salud como una manera de controlarlos. «¡Peso 40 kilos!»

Como un cochinillo.

—Aquí hay bastante comida —anuncia Benjamin, y Nils y Pierre se levantan y van a la cocina.

—Vaya —dice Nils—. ¿Lo dividimos entre tres?

—¿Qué quieres decir? —replica Pierre.

—¿Nos repartimos las empanadillas? —pregunta Nils.

—¿Te refieres a que quieres llevarte la comida de mamá y comértela? —quiere saber Pierre—. ¿Lo dices en serio?

Nils saca una empanadilla, se la muestra a Pierre.

—Hay veinte kilos de comida en el congelador —dice—. Fresca, recién comprada. ¿Hay que tirarla solo porque nos recuerda a mamá? No lo entiendo.

—Vale, no, puedes quedártelas todas —responde Pierre.

—No estoy diciendo que las quiera todas. Podemos repartirlas.

—Yo ya estoy bien así.

Pierre se va, Nils lo mira mientras entra en el baño. Nils y Pierre han hecho pequeños montones en el suelo del salón. Algo de la vajilla, un cuenco y un cuadro pequeño. En el montón de Pierre, Benjamin puede ver la hucha de su madre, un tarro de mermelada que ella fregó y dejó en la mesita del recibidor y que iba llenando con el cambio que le daban. El tarro está lleno de monedas y algún que otro billete. La idea era que los hermanos se juntaran en el piso para llevarse cosas que tuvieran un valor sentimental. Lo que Pierre hace con el tarro es llevarse el dinero en metálico de mamá.

—¿Puedo llevarme esto? —pregunta desde el cuarto de baño. Asoma una mano con las pastillas de dormir de su madre.

—Sí, llévatelo —dice Nils.

Pierre deja caer el paquetito en su montón. Benjamin vuelve a mirar el tarro con dinero. Un sentimiento de la infancia de injusticia entre los hermanos. Quiere decirle algo, que eso no es un artefacto que deseas llevarte a casa, eso es dinero. Es herencia. Pero no puede predecir la reacción de Pierre, hace mucho tiempo que no conoce a sus hermanos al dedillo. Tantos años relacionándose lo mínimo y ahora este contacto tan intenso, con una tensión constante de fondo. En realidad no sabe cómo son sus hermanos, más allá de las cuestiones prácticas, no puede verlos más allá de la muerte de su madre. Recuerda una vez que quedó con ellos, en el aniversario de la muerte de su padre. Habían estado un rato en silencio a los pies de la tumba, y luego fueron a tomar café y un bollo en una cafetería. Benjamin les preguntó cómo estaban y ellos respondieron escuetamente y sin interés, afirmaciones sueltas entre los bocados, pero él les contó por primera vez que él no se había encontrado bien. Los dos le mostraron compasión, desde luego, pero se les notaba que no tenían ganas de hablar del tema. Él les dijo que le parecía que de adulto estaba triste por cosas que les habían pasado a los tres durante la infancia. Entonces Pierre se rio y dijo: «Pues yo silbo cada mañana cuando me meto en la ducha». Podía ser cierto, a lo mejor lo hace. Tal vez Benjamin sea el único de los tres hermanos que nunca ha levantado cabeza. ¿Podría ser esa la razón por la que se siente tan mal al volver a estar cerca de ellos? Y de alguna manera los roles entre ellos han cambiado. De pequeños siempre eran Pierre y él, Nils a un lado, o tres metros por detrás. Recuerda una vez de pequeños que iban sentados en el coche, los tres, y Nils encontró un chicle del que alguno de los hermanos se había cansado y había pegado al asiento de delante. Cogió un boli y comenzó a hurgar, logró despegarlo y se lo metió en la boca. Benjamin y Pierre lo observaron con asco, y luego intercambiaron una mirada, hicieron una discreta mueca, como tantas veces antes, y Nils se limitó a decir tranquilamente: «¿Os pensáis que no veo lo que estáis haciendo?». A lo mejor eran imaginaciones de Benjamin, pero durante la última semana ha sentido que ha sido víctima de lo mismo por parte de sus hermanos, que han estado intercambiando miradas a sus espaldas.

—¡Dios mío!

Es Nils, está en el dormitorio.

Pierre y Benjamin van con él. Está de pie al lado del pequeño escritorio que su madre tenía delante de la ventana. Ha abierto el primer cajón. En la mano tiene un sobre, lo levanta para enseñárselo a sus hermanos, se ve la característica letra de su madre. Pone: «Si muero».

Se sientan en la cama de su madre, tres hermanos en fila, y leen la carta que les ha dejado.

A mis hijos.

En el momento en que escribo esta carta, Molly habría cumplido veinte años. He visitado su tumba y le he dejado una flor. Siempre se vuelve más tangible por su cumpleaños, o a medida que se acerca el aniversario de su muerte. Vivo una vida paralela junto a ella. Cuando cumplió siete, le compré una tarta y me la comí en el parque y pude verla delante de mí; iba montada en bici, dando vueltas a mi alrededor, tambaleándose y feliz, con el pelo al viento. Cuando llegó a la adolescencia, a veces podía imaginarme que la veía por la rendija de la puerta del cuarto de baño, la espiaba mientras se maquillaba, inclinada hacia el espejo, concentrada; había quedado con las amigas para salir por la ciudad.

Sigo siendo madre en el silencio. He leído que es normal y me doy el permiso. No es triste, puede que al contrario. Soy capaz de recordarla con tanto detalle que se vuelve real. Vuelvo a ser la madre de mi hija, por un rato.

Me dijeron que el duelo es un proceso, con sus fases. Y que al otro lado me espera la vida. No la misma vida, claro, pero la vida, al fin y al cabo. No era verdad. El duelo no es ningún proceso, sino un estado. Nunca cambia, se posa como una piedra.

Y el duelo te enmudece.

Pierre y Nils. He pensado tantas veces en hablar con vosotros que al final pensaba que ya lo había hecho. Que, por fuerza, lo había hecho. ¿Qué clase de madre no lo habría hecho? Perdonadme por todo lo que nunca os dije.

Benjamin. Te tocó cargar con el mayor de los pesos. La pena más grande la siento por ti. Nunca te he culpado, nunca jamás. Simplemente, no he sido capaz de decírtelo. Si en la mudez de todos estos años solo te pudiera decir una única cosa, sería esta: no fue culpa tuya.

A veces, cuando nos vemos, te miro. Te quedas un poco aparte, a ser posible en un rincón, observando. Siempre has sido el que observa, y sigues intentando hacerte responsable de todos nosotros. En ocasiones puedo imaginarme cosas también contigo, en quién te habrías convertido si esto no hubiese pasado. Pienso a menudo en aquella tarde cuando saliste del bosque con Molly en los brazos. A ella la recuerdo con tanta claridad... Su mejilla fría, sus rizos al sol. Pero a ti no logro recordarte en ninguna parte. No sé dónde te metiste, no sé quién cuidó de ti.

No he dejado ningún testamento, porque no tengo nada que dar. No me importan los detalles en lo referido a mi muerte. Pero sí tengo una última voluntad. Llevadme de vuelta a la finca. Esparcid mis cenizas por el lago.

Pero no quiero que lo hagáis por mí: sé que he perdido todo el derecho de pediros nada. Quiero que lo hagáis por vosotros. Sentaos en el coche, coged el camino más largo. Así es como quiero veros, juntos. Todas esas horas en el coche, en la soledad junto al lago, en la sauna al atardecer, solos vosotros tres, sin nadie más que pueda escuchar. Quiero que hagáis lo que nunca hicimos: hablad entre vosotros.

Solo os dejaré leer esto una vez que haya muerto, porque temo que sintáis que lo que os hice no tiene perdón. No sé, ¿por qué no jugamos a pensar que ahora estoy con ella? Que puedo abrazarla de nuevo. Y que vosotros llegaréis más tarde, y así yo tendré una nueva oportunidad de quereros.

MAMÁ

Benjamin deja la carta en su regazo. Pierre se levanta al instante, se dirige al balcón, hurga en sus bolsillos en busca de un paquete de tabaco mientras sale. Sus dos hermanos lo siguen lentamente. Están los tres uno al lado del otro, los que se quedaron, y otean la ciudad dormida. Pierre fuma con fuerza, el cigarro es un punto incandescente en la oscuridad. Benjamin estira la mano para cogerle el cigarro. Da una calada, se lo pasa a Nils. Pierre se ríe. La leve sonrisa de Nils en la penumbra. Se van pasando el cigarro y se miran en el balcón, y ahora no necesitan hablar, un leve asentimiento con la cabeza, o quizá tan solo un pensamiento para confirmarlo. Ya lo saben, sienten el viaje dentro, como si ya lo hubiesen hecho, el que tiene que llevarlos al lugar del accidente, retrocediendo paso a paso en la historia, para sobrevivir una última vez.

Agradecimientos

Desde que empecé a escribir, mi sueño ha sido tener alguna vez la oportunidad de publicar un libro en el extranjero. Que esto se haya convertido ahora en realidad es algo que debo agradecerles a muchas personas:

En primer lugar, a Daniel Sandström, mi editor en la editorial Albert Bonnier. No es habitual que en la vida te cruces con alguien con quien sientas una afinidad así de buenas a primeras. Ha habido algo casi místico en ello, como si nos conociéramos desde hace mucho tiempo, como si lleváramos hablando de libros y de literatura desde que éramos jóvenes. También quiero agradecérselo a mi editora Sara Arvidsson, que ha sido una fuerza motora en toda mi labor con el libro. Siempre me ha gustado toquetear los textos, me agrada la idea de que nunca estén del todo terminados, siempre puedes hacer algún pequeño cambio, pero en Sara conocí a una clara maestra. También he tenido la suerte de estar rodeado de amistades que se han ofrecido para leer durante la escritura. Me gustaría hacer mención especial a mi amigo Fredrik Backman. No sé cuántas horas le he robado durante todo el proceso. ¿Cien? ¿Doscientas? Que su última novela llegue con un poco de retraso podría ser culpa mía. También quiero darles las gracias a Sigge Eklund, Calle Schulman, Klas Lindberg, Josefine Sundström, Magnus Alselind y Fredrik Wikingsson.

También quiero darle las gracias a mi agente Astri von Arbin Ahlander, de Ahlander Agency. Todos los escritores y escritoras de Suecia quieren trabajar con Astri, pero ella no quiere trabajar con casi nadie. Por eso deseo agradecerle el hecho de que creyera en mí y en mi escritura. Astri también cambió para siempre mi visión de lo que hace un agente literario. Pensaba que era alguien que se dedicaba a pregonar títulos en ferias de libros y luego ya estaba. Sin duda, eso es lo que ha hecho Astri —y que el libro se haya vendido a tantos países es mérito exclusivamente suyo y de su equipo—, pero también es una de las lectoras más sensatas que conozco, y sus reflexiones acerca del texto durante el proceso de escritura han sido simplemente impagables.

También quiero darles las gracias a todos mis editores internacionales, que no han dudado en acercar a los tres hermanos a su corazón y les han permitido hacer un increíble viaje alrededor del mundo.

Y por último, quiero darle las gracias a la persona más importante que hay para mí: Amanda, mi mujer. Es mi primera y mi última lectora. No suelto una línea sin que ella haya podido mirársela primero. No podría apañármelas sin ella, ni en la vida ni en la escritura.